笭菁作品

電梯

禁忌錄

笭菁作品 26

笭菁 著

目錄

CONTENTS

禁忌錄·電梯

本故事純屬虛構，內容概與現實無關

禁忌錄

電梯

—楔子—

啪，警衛關上一區接一區的燈，巡邏完畢後，便要確實將燈關上。

他步出這層樓的左方辦公室，聽見玻璃門「喀」的鎖上後，便走到電梯前按下往下的按鈕。

望著手錶，一如往常的準時，等巡邏完畢，下樓剛好是交班時間，老張應該已經到了，等等就能下班回家，到家洗個舒服的熱水澡，睡個好覺！明天沒有班，難得的休假啊！

晚上只開放一臺電梯，老沈看著上升的數字，十七、十八、十九……嗯？數字在二十四樓停了下來。

二十四樓？那不是什麼雜誌社？還是廣告公司？這麼晚了還有人在工作喔？

數字再次跳動，表示電梯上來了，看著逼近三十五樓，老沈動手把電梯前的燈關上……

嗯？他突然狐疑，如果是下班的人，為什麼電梯會停下來？

他按的是往上啊！

誰要往上嗎？電梯停了下來，他注視著緊閉的電梯門。

門自中間徐徐往兩旁開啟……慢慢的、緩緩的露出光線，照亮了已暗去的三十五樓外層。

電梯裡空無一人。

嗯？有人按錯了嗎？沈伯直接走入，到現在還有人會按錯上下電梯，要下樓就該按下，但很多人的邏輯是按上鍵，因為「他要把電梯叫上來」呢！

或許後來發現了，還是默默的等待電梯下來吧。

所以他退到按鍵邊，想著說不定二十四樓等等會有人進來……果然，電梯減緩速度，他抬頭一看，二十四樓。

電梯門再度開啟，奇怪的是速度似乎比平常慢了些，這讓老沈留神，電梯前兩個月才維修好？怎麼感覺開門有些卡卡的？

直覺動手壓了壓門，視線往前，黑暗中沒有人影，電梯餘光照耀在這前方的牆上，正前方有個櫃檯，牆上有著公司名，「天馬廣告公司」。

「有人在嗎？還有沒有人啊，該下班了喔！」沈伯拉開嗓子喊著，就怕有人跑到電梯旁的洗手間沒留意到。

外頭一片寂靜，只剩下他自己的回音，該下班了喔……該下班了喔……

真怪。老沈忍不住皺眉，現在三臺電梯只剩這一臺開放，剛剛電梯曾在這樓停下，就表示有人按了按鈕，但上到三十五樓時卻不見人影，照理說……啊！

他趕緊重新按了開啟，用鑰匙操控電梯開延長，焦急得往裡頭找人。

如果剛剛是有人從一樓來到二十四樓，所以空著的電梯才又上三十五樓，這樣就合理了！

問題是這麼晚了，誰又會上來？他知道廣告公司跟雜誌社很多人加班，但現在都要十一點了啊！

「該下班囉！」這層樓才兩間公司，他一間間查，沒看見有燈光啊！「唉，現在的人喔，真是拚命！」

他搖頭嘆息，踅回電梯，反正各家有各家的門禁卡，到時候加班者要下樓也是沒問題的。

他只是想勸年輕人，別拿命拚啊！

噠噠噠……細微的奔跑聲從身後奔去，咦？沈伯回身，手電筒趕緊照過去，有人嗎？照了半天沒有人影，他只覺得自己聽錯了，走回電梯解鎖，電梯續往下降，扭著頸子，坐在那兒一整天也真的是累了。

疲憊地望著電梯那光可鑑人的門板，空無一人的電梯下降著，今天鋼索的聲音聽起來格外明顯。

望著自己快閉上的眼睛，他湊前拿門板當鏡子瞧，看看這日益少髮的頭頂，只怕再過幾年就要禿光了吧？剩下的幾根黑髮，也在漸漸轉成……咦？

他錯愕地看著電梯門上反射出來的自己，還有……

他身後滿滿的人。

老沈呆愣在原處，右手還擱在鬢髮，剛剛電梯裡明明只有他一個人啊……一直以來都只有他一個人啊！

現在門上倒映的是擠滿了電梯的人，每個人都低著頭，頭頂向著前方。

寒毛直豎，老沈根本沒敢回頭，他僵著無法動彈，眼尾瞄向了電梯上的石英數字，該到一樓了吧？他不能回頭，一個字都別問，到了一樓衝出去就是了！

戰戰兢兢地抬首，看見的卻是跳動不已的亂碼石英數字，而電梯持續的往下降……越降越快、越降越快——

「啊啊啊！」他趕緊看向右手邊那些按鈕，一樓，一樓啊！

但是三排的數字如霓虹燈般閃爍，每一層都亮著燈，又都暗了燈，跳動到根本看不出來現在哪一層樓是目的地！

「不不不！南、南無阿彌陀佛！」老沈開始唸著佛號，「我不知道，我根本什麼都——」

軋！電梯陡然停住，緊急煞車到連老沈都差點跌倒。

他緊握著一旁的扶把，全身上下抖個不停，看著石英數字顯示著1。

眼尾再度瞥向門板上的倒影，電梯裡徹頭徹尾的只有他一個人，剛剛那電梯滿員的狀況已經消失了。

「呼……呼……」他揪著心口，無力的向牆邊一靠，他差一點點就心臟病發了。

不是沒幹過晚班警衛，但是沒遇過這麼誇張的事，他剛剛做了什麼嗎？怎麼會突然遇到……

緊皺著的灰眉微舒，他可以感覺得到……電梯門沒有打開。

緩緩睜眼，看著依然緊閉的電梯門，以及……眼尾餘光捕捉到他的右方，為什麼有著人影？

滿員的電梯。

他倒抽一口氣，緊揪著胸口，電梯門映照出的是空無一人的電梯，但是他知道右手邊有著人……有著……

咦？他往右側再轉了五度。

電梯門倒映著的的確是空無一人的電梯，一個人都沒有。

包括他。

『你要到幾樓呢？老頭子。』

「哇啊啊啊啊——」

第一章

她的視線，每天都得面對三臺電梯。

連薰予抬起頭就能看見電梯上方增加的數字，她是天馬廣告公司的櫃檯兼總機，換句話說就是雜事處理站。

十點要準備訂便當了，各處室的統計表應該都過來了，她點開 LINE 查看，手裡的筆沒停過，正做著筆記整理。

叮！電梯聲響，揚睫一瞥，是最右邊的電梯，裡面一男一女，正談笑風生。

「我說真的，妳會喜歡那間店。」男人爽朗地笑著，「啊，我公司到了……這我的名片，有空加我。」

電梯裡的女孩紅著臉，害羞點頭，連薰予看過那女生，好像是二十八樓新來的小妹，還搞不清楚狀況的新人，之前在一樓聽過她被大樓警衛唸。

也就因為是新人，所以搞不清楚這個五官端正的傢伙，並不是她以為的好男人。

「嗨！早安！可愛的小薰！」電梯門才一關，那張好看的臉就衝著她笑了，「每天來上班都能看見妳，會讓我心情好一整天呢！」

連薰予只是微笑，這種話聽久了就知道都是屁。

蘇皓靖沒有要左拐進公司的意思，大方的趴在櫃檯前，噙著笑看向正在處理便當數量的她，彷彿眼神鎖著，就能讓她融化似的。

「十點多了，你上班時間可真晚。」連薰予頭也不抬的往自己右手邊一比，「該進去了吧，蘇先生？」

「沒關係，我上司人很好的。」他勾著笑容，「妳長得真的很漂亮耶！」

連薰予終於抬起頭，用最虛偽的笑容衝著他，「你真的很會說話耶。」

「我可沒說謊啊，妳有種氣質美妳知道嗎？」大爺他索性托著腮，大方地打量她，「不食人間煙火的空靈感，就像古代人。」

「嗯哼。」她繼續專心的統計便當數字，錯了可不好。

「大家要訂哪間？順便幫我訂一個吧？」他趴上櫃檯上方的桌面，彎身就要探進來。

櫃檯自有兩層桌面，一層較高，專門對賓客的玻璃桌，方便客人寫東西遞東西，而下方自然是屬於她的區塊。

唰——連薰予飛快地抓起桌上的長尺，直抵他的喉口，「蘇先生，超過了喔，我不是你們家的櫃檯 OK？」

二十四樓，有兩間公司，走出電梯的右手邊是連薰予所屬的廣告公司，左手邊則是另一間雜誌社，兩間毫無關聯，蘇皓靖是雜誌社的。

「順便多訂一份？」他用雙眼皮大眼誠懇地瞅著她。

「我不領貴公司薪水，也不做舉手之勞……你蘇先生哪需要訂便當啊？」連薰予勾起嘴角，「隨便喊句肚子餓，要請你吃飯的女生很多吧？」

只見蘇皓靖露出不懷好意的笑容，他總是可以這樣直接盯著女孩看，「我餓了，小薰。」電話響得正是時候，連薰予連正眼都懶得瞧他，逕自接起電話，「天馬廣告公司您好。」

蘇皓靖笑了起來，他也知道隔壁公司的總機從來不買他的帳，但就是這樣才有趣啊！她得維持總機客氣的形象，掛著笑容拒絕他，每每看見她的假笑跟忍住怒火的樣子，比輕易到手的正妹有樂趣多了。

「哎呀，我們公司也應該找個正妹櫃檯啊！」他一邊悠閒的往短廊去，一邊碎碎唸著。

聽見嗶卡聲後，連薰予才沒好氣地白了右邊那雜誌社一眼，蘇皓靖是個很惱人的存在，他就是那種空有外表的傢伙，長得高大頎長體格健美，五官偏偏又好看，說真的要當模特兒一點兒都不是問題。

但是喔，做人……連薰予搖搖頭，外型好搭上口才佳，把妹真的不是問題，妹換得很快，看不出來他筋骨真軟，劈腿劈得多自然，怎麼還沒看他翻船過咧？

幾句話就能唬得女孩羞答答的，而且狩獵範圍好廣，小從初出茅廬的新人，大到主管級的女人，他都能手到擒來！

她觀察過，他很會拿捏分寸，若即若離，跟每個女性都處在曖昧階段，進不是女友、退不是普通朋友，但是每個人都抱持一顆自己是特別的心態。

他應該是有女人的，他們公司的會計跟一個業助都是，因為有一次電梯開門時，他們還在擁吻。

這個位子就是這樣，三臺電梯裡，多的是秘密。

叮，又一聲電梯響，她依然慣性抬頭，看見的是熟悉的快遞人員。

「早安！」這個叫阿凱，是最近負責這區的快遞人員，「今天有七件貨！！」

「謝謝！」連薰予起身，檢查送來的貨件，得確定是他們公司的人員，「嗯……對！七件！」

她一一簽收，阿凱又放上另一疊用橡皮筋綑起的信，「樓下警衛託我帶上來的，他說順便。」

呃，連薰予看著郵件有點尷尬，郵差自然不會送上大樓，但是警衛也太偷懶了吧，託快遞都不會不好意思！

「居然這樣……應該是警衛要送上來的。」連薰予趕緊賠笑臉，從玻璃桌下方，那個她放檔案的空間裡拿出幾條巧克力，當作賠禮。

「沒關係啦，我今天是用推車……」阿凱突然一臉八卦模樣，「欸，我聽說你們有警衛失蹤了喔？」

連薰予拿印章的手忍不住顫了一下，先巧妙地往公司裡瞥了眼，「嗯，好像是……」

「就沈伯啊，我聽說人不見了。」阿凱聲音也壓得很低，「莫名其妙怎麼會失蹤呢？林先生說他的包包都還擺在座位下咧！」

「我也不知道……那天交班的是張先生，他確定沈伯是上樓去巡邏，結果一直等不到人下來，他才上去找……

「結果完全沒有找到人，張先生等到天亮後報警，警方搜了全棟，也都沒找到沈伯的身影。」

「監視器咧？警衛那邊不是一堆螢幕？」阿凱比手劃腳，「一個螢幕還切四格咧？」

「跳掉。」連薰予聳了聳肩，「有錄到沈伯上樓，也錄到他進電梯，後來像是被電磁波影響一樣，畫面變得亂七八糟，跳過那段畫面後也沒有沈伯的蹤跡……但就能大概抓出沈伯失蹤的時間。」

阿凱皺起眉，像在思考著什麼，「這樣說好像……沈伯在電梯裡失蹤嗎？」

連薰予圓了雙眼，下意識的越過阿凱肩後，看向了那三臺電梯。

「你等等要坐電梯下去，不要為難自己……」她咬著唇，阿凱說得她都有點發寒了，「別說了，連我都發毛！」

「靠！」阿凱果然立刻回首看向身後的電梯，「我亂講的啦！哎唷，他可能去哪一層樓也不一定啊！」

「就是！」連薰予趕緊肯定的支持，「好了，你還有貨要送，快去忙！」

「嗯，你們隔壁也有幾件。」阿凱無奈地笑笑，他知道連薰予不會幫忙收隔壁的貨件。

她把巧克力擱上櫃檯，挑個眉示意，阿凱就知道什麼意思，他靦腆地抓過巧克力道聲謝，拉著推車往右邊的廊道去，得按門鈴 CALL 人出來收件。

連薰予把貨件搬到身邊的空位，她等等得把東西分門別類後，再一一送進辦公室裡。

眼尾總是不經意的瞟著眼前的三臺電梯，說實在的，她真的覺得最近有哪裡不太對勁……說不上來是哪裡出了問題？是電梯？還是樓層，或是整棟大樓，總之空氣凝滯得讓她難以呼吸。

她不知道怎麼解釋這種感覺，從沈伯失蹤後，每天上班都變得舉步維艱。

沈伯失蹤的事管委會故意壓下，不希望各樓層討論，連主管都特意交代不要跟其他人聊起這件事；這是棟住商混合大樓，商用居多，上班族根本不太會去留意今天是哪位警衛，尤其警衛都是保全公司調派，向來也不固定。

但沈伯是固定的，他在這棟樓固定就是每週三的早班，巡邏結束才會下班。

她跟沈伯其實也不熟，只有一次因為公司趕件請她加班協助，因為是櫃檯，所以她最後居然得扛著大家剩下的東西，拖著疲憊的身軀回公司放妥物品再回家。

她永遠記得，下樓時沈伯叫住她，端了一碗熱騰騰的薑汁豆花給她。

說那是他晚餐後的甜點，吃不下所以先擱在電鍋裡熱著，他就快下班了，天冷又看到她累，覺得這時喝一碗甜湯一定會舒服很多。

那晚讓她覺得溫暖得不得了，所以她知道每週三都能看見沈伯，她也都會給沈伯一個燦爛的笑容，偶爾帶些小點心或新奇的玩意兒，即使沒有多聊天，一星期一次的微笑便已足夠。

正因如此，就算星期四沒看到沈伯她也不會覺得奇怪，但偏偏上班前警察就到了，她被要求提早到公司，配合警方搜索，她才知道沈伯失蹤了。

她到樓下去看過，警衛室裡沈伯的東西都在，接班的張先生說等不到他人下樓，手機直接轉語音信箱，他就這樣在這棟樓失蹤了……水塔第一時間就搜索了，畢竟近年來太多失蹤者在水塔裡被發現，

人間蒸發，這樣形容沈伯最為貼切。

三十五層樓的大樓，沈伯能去哪裡？她不明白，他不回家要做什麼？每次想到這兒她都會微微發顫，不必說大家都知道沈伯是發生意外了，只是意外的發生，有受害者……就有加害者。

深吸了一口氣，身處在一個受害者行蹤未明，加害者不知道出現在何時何地的工作環境，她很難心安。

就連坐在這個位子，也沒有往日的輕鬆感。

嗶，右手邊的雜誌社門開了，伴隨著滾輪的聲音，阿凱送完貨件正要出來。

叮！冷不防的高分貝短促音響起，連薰予倏地抬首，正中間的那臺電梯緩緩開啟。

沒有人。

她瞪圓著眼看進電梯裡，忍不住半站起身，沒有人去按電梯啊……為什麼電梯會突然上來？

敞開的電梯裡，底面的鏡子正映照著她的櫃檯、公司的 LOGO 及她的臉——喝！連薰予倏地別過頭去，光是這樣看見電梯鏡子裡的自己，她都會覺得渾身不對勁！

因為剛好向右別過頭，看見的是走來的阿凱跟載滿貨的推車。

「我走囉！」阿凱笑吟吟地說，「咦！剛好！」

剛好？剛好什麼？連薰予直起身子聽著阿凱的碎步聲，輪子加速聲，他急著衝向正中間的電梯——「等一下！」

她不知道為什麼，衝口就喊了出聲。

「咦？」阿凱果然在電梯外停下，錯愕的望著她，「怎麼了嗎？」

「那個……那個……」她轉過頭去，看著站在電梯門口的阿凱，電梯的鏡裡正映著他的背影，「貨件有點問題。」

「什麼？」阿凱旋身，朝她這兒走來。

喀……電梯門此時此刻，緩緩關上。

連薰予手忙腳亂的搬了貨件上桌，隨便指著一件叫他重查，阿凱趕緊拿出單據對照，不知道她正越過他肩頭，盯著他正後方的電梯看。

石英數是依然顯示著24，那座電梯還在24樓。

有時要搭電梯時，空的電梯恰好在自己的樓層並沒有什麼……可能剛有人惡作劇按下了24，所以才讓電梯上來。

她就坐在這裡，當然可以百分之百確定剛剛沒有人在這層樓按電梯，所以唯一能解釋的是有人按下他們的樓層，所以電梯才會抵達、開啟，並且停在那兒。

她自己也不知道是怎麼了，就是覺得不能讓阿凱進去。

「這件貨沒錯啊！」阿凱對著單號，「是你們的，我沒拿錯，名字寫錯了嗎？」

「啊……啊……我看看。」連薰予低首看著貨單號碼，阿凱還體貼的一個字一個字跟她對。

但連薰予根本沒在聽，她只是盯著電梯，快下去快下去快下去啊！

「對了吧！」阿凱敲敲桌面，「好了，我還要去送貨呢！」

看著阿凱轉身，連薰予緊張的起身，眼尾瞟著正中間的電梯，阿凱伸手按下往上鈕，電梯火速開啟。

「不急！」連薰予繞過櫃檯追了出去，「阿凱你等等！」

一腳都要踏進電梯的阿凱錯愕極了，「又怎麼了！」

連薰予動手將他往後拉，擠出勉強的笑容，「你剩下的貨要送樓上嗎？」

「嘿呀！」阿凱很錯愕，他覺得今天的連薰予怪怪的。

「好，等我。」連薰予走到電梯前，看著鏡子裡的自己，飛快地別過頭，探身入內，主動按下了一樓後，關門。

縮手抽身，電梯門並沒有立刻關上。

「怎……」阿凱想問什麼，卻在瞧見連薰予嚴肅的側臉後噤聲。

連薰予盯著自己的腳，腳尖前就是電梯，終於等到電梯門關上，那速度比有人按著延長開啟鈕還要久。

電梯門一關上，她迅速抬頭，看著電梯往下，23、22、21……然後她往右移動，在右邊電梯那兒選擇往上的按鈕。

「我們搭這班。」她回首，對著阿凱輕笑。

阿凱皺起眉，「妳嚇到我了，小姐。」

「反正你搭這臺就對了。」連薰予看著接收到指令才上來的電梯。

「靠，我想走樓梯了。」阿凱滲著冷汗，他不是白痴，他們剛剛才講了沈伯的事情，現在連薰予又這個態度。

可以立刻搭乘的電梯不坐，硬要重新叫一臺上來，而且她剛剛還把現成的電梯按掉。

「倒是不必啦，你進去安分點。」連薰予其實也不知道該怎麼講，「不要亂看就是了。」

「真謝謝妳喔，這樣聽完超安心的！」阿凱已經要收起推車了，他似乎真的打算走上樓。

「你逃得了今天，逃不了明天，好嗎？反正這臺應該沒事啦！」連薰予也不知道在保證什麼，「到了到了！」

電梯在二十四樓停下，她連忙推著阿凱進去。

「厚！」阿凱被搞得超毛的，瞪著電梯猶豫不決。

「就叫你不要亂看！」連薰予冷不防的向他彈指，「別亂看鏡子啦。」

阿凱一怔，有種恍然大悟的感覺……「哦～」

「你是要送貨送到幾點？」連薰予咕噥著，一邊推著他進去。

「我真的是厚……」阿凱搖搖頭，硬著頭皮進了電梯。

同時把自己身上掛著的什麼宮什麼符都拿出來了，連薰予在電梯門口揮手道別，看著電梯門關上，立刻瞟向中間那已回到一樓的電梯。

現成的電梯，就是讓她覺得有問題，這是住商混合大樓，小朋友現在都去上課了，誰會做這種無聊的惡作劇？

「咦？小薰！」左後方傳來自己同事的聲音，「妳怎麼站在電梯前？」

「啊，沒事！剛送快遞下去……」連薰予連忙回身，「怎麼了？妳要趕訂便當嗎？」

「沒有，這邊有幾個文件要麻煩妳處理一下。」企劃部的林倫怡一臉有求於人的模樣，「不急，但是有點瑣碎！」

連薰予嘴角略抽，每次都讓她做這種吃力不討好的工作……如果每個人都覺得櫃檯很清閒，接著都把零散工作丟過來，她就真的一點都不清閒了啊！

望著林倫怡手中那一紙箱，她有點胃痛。

「別告訴我挑帳目……」

「咦？不是啦，會計部也會叫妳做這種事嗎？」林倫怡顯得很驚訝。

「沒有啦，但我看到妳那一箱就快暈倒了。」連薰予回到位子上，軟軟地說，「所以要我幫忙什麼？」

「噢，幫我把跟益欣公司有關的文案挑出來。」林倫怡眨眼的速度超快，「拜託～」

連薰予淺笑，「既然不急，那我不會先做喔，我還有很多事要做。」

「這星期前給我就好？」

「嗯……」連薰予看著一整箱的文件，「下週三前？」

「好！謝謝妳！妳最好了！」林倫怡開心的要上前擁抱，連薰予趕緊擋住。

「好啦好啦……這什麼？」她從林倫怡手裡抽出紙條，「便當啊，小姐！」

「飲料啦！下午兩點我們要開會，這不急。」林倫怡眨了眼。

幸好飲料項目寫得很清楚，品項數量冰塊甜度，其實點飲料真的是最麻煩的，因為冷熱冰塊糖度都不同，她深深佩服在飲料店工作的人。

林倫怡連道了好幾句謝，愉快地回辦公室裡，連薰予微打了個寒顫，搓搓手上的雞皮疙瘩，她真不習慣跟人有過度的親膩接觸，渾身上下都不舒服。

將便利貼黏在那箱文件上做記號，緩事後辦，擱到椅子後方去，但不能忘記在行事曆上註記，免得事情一多就扔到天外天去了。

接下來就是一連串的訂便當、飲料時間，等她訂妥，中間再處理其他部門的瑣事後，接下來就是要收便當跟繳錢的時候了。

總機電話總是響個不停，她的工作就是負責轉接、或是記錄重要的事情，以及回答簡單、且屬於她權限範圍內能處理的問題。

「喂，天馬廣告公司您好。」連薰予機械式的接起回應。

『……沙……喀啦喀啦……』

「哈囉，您好，這是天馬廣告公司。」

『喀……喀……』電話那頭只有奇怪的回音，連薰予皺起眉，貼著話筒聆聽。

沙沙……還有一些喀噠喀噠的聲音，這是機械聲嗎？還有些許碰撞聲，回音好大啊。

「請問哪位？我們這邊聽不到喔。」連薰予禮貌的再問了一次。

噠噠，聲音持續著，老實說有一點像是拖曳聲，或是——叮！

喝！連薰予嚇得抬頭，因為電話裡的聲音，幾乎與這頭的聲音同步——有電梯來了！牆上圓燈亮起。

緊接著是低沉的摩擦聲，伴隨著些許震動——左邊的電梯門開了。

「您好！送便當！一共是五十六個對不對！」

『您好！送便當！一共是五十六個對不對！』

來人推著推車步出電梯，輪子在電梯與地毯上的摩擦聲，再度與話筒裡重疊……天哪！

連薰予立即掛上了電話，臉色慘白地看著話機。

「小姐！呼！」送便當的大漢熱得全身是汗，「五十六個，跟您收三千三百六十元。」

電話裡為什麼會有電梯的聲音？為什麼會聽見送便當的人說話……這是從哪裡打出來的？

「小姐？」大漢敲敲桌子，「小姐！」

「啊……」連薰予趕忙抬頭，看著滿頭大汗的大漢，「謝謝，一共多少？」

她打開抽屜拿出準備好的錢，趕緊站起身。

腳有點軟，但她撐著桌子還是站了起來。

就算在二十四度的冷氣房裡，她現在也滿身是汗了。

第二章

逼近一點鐘，大樓樓下的電梯前聚滿了人，全都是要回公司上班的，不是每個人都買便當，而出外用餐的人幾乎集中在這時回來。

連薰予也是其中一員，她手上拿著手搖飲料，冷飲杯外滲出水珠，如同她的冷汗。

「嘿！小薰！」肩後一個重擊，連薰予差點以為自己會吐血身亡，「妳今天怎麼好晚才下來！」

連薰予真的往前踉蹌了好幾步，才沒好氣地轉頭，「我說，羅詠捷小姐，妳手勁就不能輕一點嗎？」

「我？」短髮的女孩愣愣的轉著自己右手掌，「我很輕啊，對不對，小文！」

「誰叫小文啊？」個子不高的男人沒好氣的唸著，「妳叫我蔣逸文、小蔣、逸文或英文名字都可以，莫名其妙叫什麼小文啊？」

「差不多啦！」羅詠捷根本沒在聽他說話，「小薰，今天妳怎麼這麼忙？連跟我們一起吃飯都沒辦法！」

連薰予無奈地擠出笑容，這要她怎麼說？因為接到一通莫名其妙，彷彿從電梯裡打來的電話？

她跟美編羅詠捷及企劃二組的蔣逸文算最為要好，還有一個是黃惠心，不過那傢伙現在正放長假，人在歐洲逍遙。

他們四個最是投緣，雖說連薰予人在櫃檯，但只要同公司總還是有話題。

「為什麼我們公司樓層要這麼高啊？」連薰予幽幽地說，「我真想爬樓梯上去。」

「嗄？」羅詠捷以為自己聽錯了，「妳是哪根神經有問題啊，二十四樓耶！」

「唉……」連薰予嘆了好大一口氣，「妳不懂啦！」

「發生什麼事了嗎？」蔣逸文立刻上前，「欸，妳該不會是說沈伯失蹤的事吧？」

連薰予眼神立刻掃來，眨眼示意，是沒看到大樓警衛就在旁邊嗎？哪壺不開提哪壺？

「沈伯？」羅詠捷眨了眨眼，「什麼東西？」

「上去再說。」中間的連薰予在她耳邊輕聲說道。

噢，轉了轉眼珠子，一臉什麼事這麼神秘的樣子。

人一群接著一群，三臺電梯在尖峰時間會分樓層，這樣易於疏散人潮，連薰予他們待在最後方，一點兒都不趕時間。

可以的話，連薰予其實不想上樓的。

剛剛那通電話，就足以叫她全身寒毛直豎，話筒裡聽見的聲音如果與現實聲音同步，那除非手機在電梯裡？還是在那個送便當的人身上？

「哈囉！」Melody 跟林倫怡也剛吃飽回來，就排在連薰予他們身後一起等待。

蔣逸文突然努努鼻尖，發出明顯的嗅聞聲，這動作讓連薰予跟羅詠捷立刻立正站好，她們也聞到了，那濃烈的香水味兒啊！

「剛吃飽啊！」穿著高跟鞋的女人走了過來，年約四十，但看上去其實還很年輕，只是眼神中透著成熟與嚴厲。「……好像很常看你們走在一起啊！」

「副總好。」副總就站在身邊他只能尷尬頷首。

「副總好。」兩個女生的禮貌也不能免。

副總算是公司的二號殺手人物，為人相當嚴厲，但也不可否認手腕及能力都很強，只要她出馬的案子從未失敗過；不過只要做好份內的事，其實不會有什麼大問題。

但是份內之事，必須要完美無瑕疵罷了。

連薰予其實不討厭副總，扣掉她總是灑太濃的香水外，做人處事她都很欣賞，至少比那種只會出一張嘴跟蓋章、什麼都不會的主管好多了。

副總也不喜歡搞小團體或是刻意跟員工混熟，大家禮貌性的互打個招呼後，也就一塊兒等電梯抵達。

好死不死，先抵達的是中間那臺電梯。

連薰予真的是舉步維艱，但是她又不能遲疑，除非她要走上二十四樓……其實她真的認真在考慮。

在場的人不多，因為他們幾乎是最後一批，連薰予看了看幾乎都是認識的，還有隔壁雜誌社的女生，樓下電子公司的外務……以及——

「等等！請等一下！」外面傳來叫聲，一個打扮時髦的女人朝電梯狂奔。

連薰予連忙按下開門鍵，讓香奈兒女人及時奔進來。

香奈兒的墨鏡、衣服、皮包與手錶，全身上下無一不是香奈兒啊。

「謝謝！」女人的聲音很飛揚，微喘，「那個……二十三樓謝謝！」

連薰予為她按下二十三樓，她身上噴的自然也是香奈兒的香水，跟副總的香水湊在一起，變成一種令人屏息的可怕。

「二十三樓……」連薰予看著按鈕，突然一怔，「二十三樓好像沒有公司行號耶！」

「啊？我是住戶！」紅色長卷髮的女人笑著。

「啊……」一電梯的人跟著「哦～」，其實他們在這裡上班這麼久，好像還沒看過住戶耶！

「住這裡很貴吧？」羅詠捷立刻發揮八卦長才，「是租還是買的啊！」

「還好啦，房子本來就是我家的！只是這幾年漲得凶！」女人回頭看著一電梯的人，

「嘿！這麼巧！」

她笑著，直接就近抓起了羅詠捷的識別證，「天馬廣告公司……喔，竟然在二十四樓！鄰居！」

呵、呵呵……鄰居？連薰予等眾人一陣乾笑，好像也可以算數厚？

「是，鄰居。」連薰予微微一笑，櫃檯的本能反應。

「我才剛搬來，這邊有什麼規定嗎？住商混合就是有點麻煩！」女人扯扯嘴角，「好像什麼幾點關門；電梯幾點開始門禁什麼的……」

「過九點後出入都得感應，我們得透過警衛，住戶的話應該另外有配製吧？」副總開口，「住商混合畢竟比較複雜，所以……」

沙……吱吱吱——刺耳的金屬音突然傳來，讓電梯裡所有人忍不住掩住雙耳，雞皮疙瘩顆顆竄起的找尋聲音來源。

這就跟指甲刮黑板一樣，異曲同工得讓人不舒服！

「這什麼？」副總皺起眉，「是齒輪煞車聲嗎？」

「喲，好麻喔，這聲音是油不夠吧？」羅詠捷搓著雙臂。

刺耳的聲音未止就算了，電梯居然開始微微搖晃，上升的速度變得有點詭異，像是一頓一頓的！

「啊……」有人開始緊張了，嚇得扶著電梯，「地震嗎？」

「地震應該更可怕！」羅詠捷抬頭看著，「幾樓了啊！」

「二十！」蔣逸文的手撐著鏡壁感受著，「這好像、好像是滑輪還是鋼繩都有問題的樣子，卡卡的。」

「連薰予！」副總突然喚了她。

「啊，上個月電梯才輪流維修過，我等等會跟大樓管委會報備！」連薰予全身緊繃著，終於聽見叮的聲音。

「嗚……」二十一樓的人已經嚇得有點啜泣，慌慌張張地衝了出去。「喂，這感覺好危險！」

「哈囉，我們還在電梯裡耶！」連薰予沒好氣地搖頭。

女孩緊張地絞著雙手，電梯緩緩關上。

香奈兒女人皺起眉，看起來不是很高興，「這裡電梯都這樣？」

「呃，其實還好，都有固定維修啊！」連薰予趕緊答腔，「就像我剛說的，上個月才剛維修過這臺。」

「但這也太爛了吧？」香奈兒邊說邊敲著電梯壁，嚇得大家倒抽一口氣。「搖搖晃晃不說，電梯爬升得又不順，感覺好像一格一格被拉上去似的。」

一格一格……被拉上去？連薰予連指尖都發冷了。

這形容實在太貼切了，真的彷彿像有人在電梯頂端，吃力的一吋、一吋拉著鋼繩。

不過幾層樓的距離，卻讓大家度日如年般的痛苦，終於到了二十四樓，大家急急忙忙地離開電梯；剛剛停二十三樓時，香奈兒還抱怨連連。

林倫怡撫著胸口，一臉驚魂未定之態，「電梯最可怕的地方就在這裡了！」

「真的有地震嗎？」蔣逸文一臉不解，拿出手機滑著。

「剛剛那個女生好厲害，她全身都是香奈兒耶！」羅詠捷注意力放在別的地方。

「有錢人啊，二十三樓整層都是她的沒聽到？」Melody 搖搖頭。

「好了！別閒聊，該上班了。」副總看向連薰予，「小薰，電梯的事要麻煩妳處理一下。」

「好。」連薰予立刻點頭，這事兒她絕對不會忘。

羅詠捷假裝要問連薰予事情，他們誰都不想跟副總一起進去，好嗎？

連薰予坐回位子上，她雙手都是手汗，真的是難以控制的膽寒，好不容易看見副總進去略鬆一口氣，抬頭看著趴在上方玻璃小桌的朋友。

「怎麼啦？」

「不想跟她一起啊！」羅詠捷向來有話直言，「要是被總經理看到就不好了，等等以為我們一掛。」

「厚！」蔣逸文翻了個白眼，「妳們真的很愛搞小派系耶！」

「公司女生多，難免。」這點連薰予不得不承認，女孩子真的很喜歡分派別，這種事男生很難懂。

羅詠捷左右顧盼，確定了這外頭只有他們三個人後，扳著玻璃小桌往上一跳，朝連薰予逼近。

「距離，羅詠捷！」連薰予立刻用手抵住她的臉，「妳三歲喔？」

「妳說，剛剛有沒有什麼什麼？」她眨著長長的睫毛。

連薰予瞇起眼，認真地凝視她的眼睛，「喂，妳植睫會不會越來越誇張啊？這次比上次濃很多耶！」

「六百根6D……喂！我是在跟妳說那、個！」她邊說，邊撇頭往電梯裡去。

連蔣逸文也都屏氣凝神的看著連薰予。

「問我幹嘛？你們覺得呢？」她沒好氣地皺眉。

「妳直覺最強了啊！」羅詠捷趕緊用氣音，「說吧說吧，是不是有什麼？」

連薰予望著她，深吸了一口氣，「羅詠捷，妳鬼片真的看太多了。」

「欸，無緣無故扯我喜好幹嘛？就說說看啊！」她咬著唇嘟囔，「對了，剛剛說那個什麼沈伯是怎麼回事？」

一瞬間，蔣逸文的眼神閃爍了一下。

連薰予準確捕捉了，小文知道啊⋯⋯

電話鈴響，連薰予愛死這個職位，因為不管多難纏的事，總會有電話來解救她，只見她揚起笑容，指指公司的玻璃門，一點多囉！兩位該進去上班了。

「您好。」她接起電話，這客戶也真準時，休息時間一結束就打來。

羅詠捷失望地轉身往公司裡去，蔣逸文偷偷地回頭朝她擠眉弄眼，連薰予比了一個噓，皺著眉搖了搖頭。

小文果然也知道沈伯的事，這麼一棟樓要全面封鎖消息太難，紙不但包不住火，八卦這種事情根本就是燎原星火，不必多久就會傳遍大樓的。

問她感受到什麼？連薰予把電話轉接進去後，再度幽幽看著電梯。

唉，她感覺到無比沉重的壓力，是的，羅詠捷他們說得沒錯，她的直覺一直比較敏銳，而且莫名其妙的強大。

跟他們會熟稔就是因為這個「第六感」。

那時她才剛進公司，羅詠捷跟蔣逸文正在聊晚上參加某夜店社團趴，她聽著突然就覺得不對勁，那種都是很突然的感覺，看著他們高談闊論的背影，突然在羅詠捷雪白洋裝的背後染上了橘色的火燄。

連蔣逸文穿著的深灰色長褲也都有鮮豔火舌竄起，她打了個寒顫，再度睜眼時一切都正常，但這件事梗在她心頭。

在他們要進電梯前，羅詠捷回首跟剛進公司的她笑著道再見，還祝她有個美好的週末，所以她就叫住了他們……請他們當天晚上待在家裡，千萬不要去赴那個夜店之約。

想當然耳，羅詠捷就是那種直白天真的傢伙，她不懂為什麼，蔣逸文更是莫名其妙，問題是她沒辦法解釋啊！她只能說，她從以前直覺就有點準，她一聽見那間店就覺得不對勁，當然她也不是屢試屢中，只能請他們參考了。

結果他們當時其實對她說的話半信半疑，可是瞧她講得嚴肅，這念頭梗在心頭也無法玩得盡興，所以他們兩個的確放棄了去狂歡，帶著咕噥回到家裡睡死。

當天晚上，他們原本要去的那間夜店發生火災，三十餘人葬生火窟。

然後，有陣子羅詠捷就叫她「通靈薰」。

通靈個頭啦，只是一種說不上來的怪異，其實第六感很多人都有，強與弱罷了。

手機果然震動，這個不必用第六感，連薰予都知道是誰傳的。

『妳有覺得樂透買幾號比較妥當嗎？』羅詠捷傳的。

連薰予逕自翻白眼，根本懶得理她，她一天到晚叫她買樂透是怎樣啦，還真以為她是天眼通喔？就只是一種直覺而已啦！

試了幾次都嘛槓龜，這種直覺本來就只能當參考用而已。

但是……連薰予看著電梯，這次不只是直覺了，這種不舒服的感覺越來越嚴重，更別說現在只要電話鈴響，她就會覺得全身不對勁。

「小薰！」協理急急忙忙的從裡頭步出，「明天早上我們跟A公司有會議，妳要記得先準備會議室。」

連薰予站了起來，趕忙點頭，「是，請問有幾個人。」

「連我總共六個，但可能會增加，妳去問 Melody！」協理急著按電梯鈕，「會議資料跟咖啡都要準備好。」

「我知道了。」連薰予一邊回答一邊記錄著。

電梯很快地上來，協理顯得很匆忙，從皮包裡抽出口紅緊握著，急急忙忙地走進電梯裡。

「……」連薰予看著進入電梯裡的協理，朝她頷首，「協理等等！」

她趕緊喊著，這速度是來不及擋住電梯了。

協理回首，趕緊按住開門，「怎麼了？」

「我覺得……不要在裡面補妝比較好。」連薰予聲音有些微顫，「那個監視器拍起來不是很好看。」

「啊？」協理臉一紅，尷尬地點點頭，讓電梯門緩緩關上。

其實不是補妝的問題，連薰予緩緩坐下，她的電腦螢幕正顯示著剛查到的資料結果，她剛剛查了「電梯・禁忌」，立刻就看到，「不要對著電梯鏡子超過五秒鐘」的訊息。

重點是盯著鏡子、盯著自己的倒影，好像會越過某條界線，看到些什麼別的東西。

滑鼠滾動著，這就是一種直覺，她覺得她應該要研讀清楚才對。

抓過剛剛速寫的紙張，但也別忘了正事，明天的工作、準備會議室……她得先聯繫Melody，瞭解明天要來開會的是哪些人。

喀、噠、喀、噠，聲音從正前方傳來，連薰予一邊工作一邊專注聆聽，聲響是從電梯井裡發出來的。

就像剛剛他們在電梯裡聽見的一樣，而且聲音更多了，好像連鋼索都發出了聲響，有些甩動的聲音，機械運轉聲真的太大了——啊！

「林先生，嘿，是的，我是二十四樓的櫃檯！是這樣的，我們覺得中間那臺電梯怪怪的耶！」

『中間？』

她用擴音，才能繼續進行手邊的事。「是啊，中間那臺聲音很大，不知道是不是主鋼繩有問題，因為運轉的聲音很明顯，我們還聽見像滑輪不順的聲音。」

『怎麼會這樣……我看看喔……啊，中間那臺上星期才維修過耶！』警衛顯得很不解。

「真的就是啊，不然你坐坐看就知道了，速度也怪怪的。」連薰予溫柔地說，「電梯這種事就還是多注意啦，安全第一是不是！」

『好好，我等等看一下，說不定是上次那個人沒有處理好！我通知他們公司。』

「好的，謝謝你。」

連薰予掛上電話，櫃檯裡貼滿了便利貼，按照事情順序貼妥，這樣她好按部就班工作。可是雜音不止，她甚至搞不清楚是哪一臺電梯發出的聲音，總覺像是正前方那臺。

轉著筆，她不禁思考著，沈伯是在哪座電梯裡失蹤的呢？

※　※　※

連薰予一份份將文件擺妥，到茶水間確定明天要用的資料及咖啡，然後再將公司的筆擺妥，橫放在文件正前方。

「小薰，還沒走？」Melody 顯得很詫異，櫃檯通常都準時下班啊。

「我想先準備一下明天早上的會議。」連薰予笑著，「剛印好資料，就先擺好。」

「謝謝！」Melody也是明日會議的參與者之一，「晚上我會趕另一份報告出來，我趕完就順便印出來。」

「那就麻煩妳了，明早我也會比較早到。」誰叫會議是早上八點半呢。

Melody拿著錢包要往外走，一看就知道是加班，只是先下樓買晚餐回來隨便吃吃，連薰予跟著步出，身為總機的好處就是準時下班。

「Melody！等我一下！」陳政達高喊著，「一起去吃吧，妳上次不是說有哪個小店特別好吃？」

「怎麼又有特別店啦！」連薰予笑著讚嘆，「妳知道好多小攤子喔！」

「我對這裡熟啊！」Melody招著陳政達，「喂，小陳，還不快走！」

連薰予收拾著東西，她認真的考慮步行下樓的可能性。

「哈哈哈！」

笑聲從右手邊傳來，雜誌社已經陸續有人下班，瞧這種清脆的笑聲，鐵定是被逗樂的女孩們。

而這些女孩們身邊應該都有一個男人。

「我說真的，誰跟妳們開玩笑！」蘇皓靖輕勾著嘴角，左右前後都是女孩，「下次帶妳們去見識一下！」

「誰要去那種地方啦！」女孩們紅著臉，不知道這傢伙又在開什麼黃腔了。

「歌舞伎町是觀光區啊，有什麼害羞的？妳們沒看日劇喔？」蘇皓靖認真地說著，「但我不保證裡面真的會有美男子就是了。」

「觀光區咧！」女孩可愛地探頭，「我們要快點走了啦，訂位訂七點耶！」

「燒肉燒肉！」一票女孩跟著歡呼。

連薰予在算人數，事實上連他們公司……或整棟樓都知道蘇皓靖這號人物，因為他的魔掌也有伸到他們公司裡，好幾個女孩都跟他關係不錯。

「嘿，Melody！」蘇皓靖看見Melody，自然地打招呼。

「小週末要去慶祝了啊！」Melody看著蘇皓靖，也會露出女孩略羞的笑容。

「我們要去吃八色燒肉！」所謂我們，連薰予默默在後面計算人數，有八個人，七女一男，真虧蘇皓靖能應付。

「哦？公司附近那間嗎？」Melody圓睜雙眼，「我也一直想去試耶！」

「公司附近那間不好吃，我們要到另一區去。」蘇皓靖的同事們介紹著，「好不容易才訂到位的。」

「好不好吃回來再跟我說。」Melody的口吻聽上去跟蘇皓靖很熟，其實他跟女生都很熟。

蘇皓靖很快打量了Melody，微蹙眉，「妳還要加班？」

「是啊，有案子要趕。」她無奈地聳肩。「真羨慕你們可以去吃烤肉。」

「廣告業真辛苦……」蘇皓靖喃喃唸著，

「我們雜誌社也很累啊！」同事們跟著抱屈。

不會啊，連薰予挑了挑眉，她就覺得蘇皓靖超涼的，不但晚上班還都準時下班，她記得現在雜誌業也不景氣，怎麼業務這麼清閒？

「啊，電梯快到了。」Melody 沒有忘記連薰予地回身，「小薰，要下班了嗎？」

「呃……」她還在掙扎，不要這麼快Q她啊！

蘇皓靖也轉了過來，「櫃檯真好，都能準時下班耶！」

「你少在那邊挑撥好嗎？我看你也很閒啊！」連薰予抓著包包繞出櫃檯，「我不知道業務這麼清閒耶！」

「業績達到就沒問題啊！」蘇皓靖一副自滿的模樣，是是是，連薰予賭他的客戶大概都是女性。

「好啦，各位慢走，我打算走下去。」連薰予微微一笑，逕往樓梯走去，「星期一見！」

「咦？」電梯前所有人異口同聲，「走下樓？」

叮——同一時間，電梯開啟，又是中間那臺電梯。

連薰予下意識地瞥了一眼，看著電梯門開啟，大家正準備魚貫進入，蘇皓靖倒是回身伸長手，直接抓住她。

「妳瘋了嗎？二十四樓上樓可以叫運動，下樓叫傷害。」

連薰予沒說話，她只是皺著眉看著自己被拉住的手，「我就……」

她頓了住，狐疑地越過蘇皓靖往後看，怎麼電梯門開著，但是沒有人進入電梯裡啊！

而且突然一陣詭異的靜默，連蘇皓靖都感應到了，他跟著回身，看著同事們面面相覷。

「怎麼了？」連薰予主動發問。

只見 Melody 側身看她，面露難色地倒抽一口氣，「那個……」

她略微移動步伐，看著敞開的電梯裡，有個不屬於這座電梯的東西躺在角落。

一支手電筒。

「手電筒？」蘇皓靖鬆開手往電梯走去，「怎麼會有手電筒掉在這裡？」

看著他即將步入，連薰予連忙拉住了他，「喂，我們、我們搭下一班吧？」

蘇皓靖狐疑地回首看著她，還沒來得及問為什麼，他的同事小妹不耐地嘖了一聲，直接按著電梯走進去。

「就一支手電筒大家是在緊張什麼啦，我們訂七點的耶！」女孩急著進入，「快走了啦！」

有人也知道沈伯的事吧？連薰予只能這樣猜，不過有個人敢進去後，大家也就跟著魚貫而入，的確只是支手電筒，只是因為它突兀地躺在地板上，反而讓人覺得不安，再加上沈伯在電梯裡失蹤的消息……

連薰予踉蹌著，竟一道兒被拉進了電梯裡，她甚至還沒搞清楚怎麼回事。

「喂。」她這才注意到拉著她上臂的蘇皓靖，「你幹嘛拉我？」

「難道放妳去折磨自己的膝蓋嗎？」他還回得理所當然，

連薰予看著闔上的電梯門，心理真的是沒來由的不踏實，看著右前方的樓層鈕，乾脆讓電梯停在二十樓她再走下去好了。

「請……」才要開口，她卻看見從她前方兩點鐘方向，往後遞的手電筒。

一個女生越過她，遞給了她左手邊的蘇皓靖，「蘇皓靖，這給你吧，你等等拿給樓下警衛。」

橫在她面前的手電筒是橄欖綠色的，蘇皓靖從她後腦邊接過，還小心的沒敲到她的頭，但連薰予眼神卻忍不住跟著手電筒，向左轉向他。

「怎麼？妳認得啊？」蘇皓靖半開玩笑的將手電筒拋上又接住。

看連薰予那什麼眼神，彷彿她真的在哪裡看過咧！

蘇皓靖噙著笑向上拋接著，一會兒握住燈的位置、一會兒尾端，然後他耍帥地拋了一次，頭尾交換位置，還向對面的 Melody 挑眉。

只是，當他看見手電筒底端的貼紙時，笑容瞬間僵在嘴角。

『沈隆賢』。

連薰予看出他的表情，她趕緊抓住他握著手電筒的手，直接挪到眼前察看，立刻跟著狠抽口氣——她當然認得這支手電筒，因為這是警衛專用，保全公司配的啊！

但是她萬萬沒想到這支是沈伯的手電筒！

「你們幹嘛？」在她正後方，靠在角落的女孩們好奇地問，「你們表情好難看喔。」

她正對著鏡子補妝，大紅色的口紅從左畫到右，也因此從鏡子裡看見了臉色刷白的兩個人。

「不要……」連薰予才想出聲說些什麼，電梯陡然一震！

砰咚——箱子在半空中突然停住，巨大的聲響還在電梯井裡發出回音！

「哇呀——」電梯裡都是女孩的尖叫聲，刺耳的此起彼落！

緊接著電梯光線竟全數消失，三秒後備用電源才亮起。

每個人臉上都帶著驚惶的神情，大家都站在原來的位置，只是紛紛貼著牆，而連薰予依然緊握著蘇皓靖的手，他也下意識地抓住她的上臂，兩人的力道都不輕，因為緊張而施力。

對著鏡子補妝的女孩僵在原地，只有她是背對著大家，但也是能最清楚看見大家的……

「為什麼……備用電源是紅色的啊……」

她哭喪著臉看著小箱子裡的一片通紅，所有人都往上看，電梯頂端的備用光源居然是紅色的燈泡，微弱的光線，根本是神明桌上那種小燈泡！

「大家不要慌，好像是停電了。」蘇皓靖最先出聲，「按鈕邊的請按求救鈕。」

「呵……嗚嗚……」女孩根本嚇傻了，她呆呆地看著蘇皓靖，完全沒有反應。

連薰予伸出手，輕輕地按住照鏡女孩的肩膀，「妳要不要轉過來？」

女孩從鏡子裡看著她，淚水翻湧出眼眶，搭上她的肩頭，連薰予才發現她抖得好厲害！

「我……我動不了……」女孩支吾其詞。

動不了？連薰予倏地收回手，這動作令人生疑，蘇皓靖直接將她往電梯門板的位置拉退了一步。

「Mia，妳不要緊張，只是停電而已。」蘇皓靖一字字地說著，「轉過來就好了。」

「我、我真的……」Mia哽咽地哭著，「有人、有人抓著我……的腳……」

「咦？」Mia驚人之語一出，只是讓電梯裡的人驚恐尖叫而已。「哇啊——開門！開門啊！」

所有人在電梯裡移動，只是讓靜止的箱子搖得更厲害而已！

而陳政達的呼吸聲最劇烈，他開始氣喘似的大口呼吸，臉色益發蒼白……是恐慌症嗎？

電梯箱跟著傾向一邊，開始出現碰撞的——咚咚！

「大家不要亂動！」連薰予驀地喊出聲，「冷靜一點！她可能只是嚇傻了，慌什麼！」

「求救了沒啊！」蘇皓靖索性直接指名，「Melody！」

她才不是嚇傻了！Mia雙唇打顫地看著鏡子裡的一切，電梯裡明明只有他們八個再加上廣告公司的三位，但是現在這電梯裡明明就有十五個人！

他們低著頭站在原地動也不動，剛剛其他人尖叫移動時，突然穿過他們的身體現身！

而且……她不敢低頭，在她的腳下方，角落的位置有個人或坐或蹲在那兒，那個人正圈著她的雙腳……緊閉起雙眼——那個人抬起頭瞪向她！

「不要回應。」連薰予驀地出聲，「妳叫Mia嗎？閉上眼睛，什麼都不要看。」

「咦？」她眼珠才剛瞟向連薰予，鏡子裡低首的人影竟突然同時抬起頭了！不要！

Mia依言真的立刻緊閉起雙眼，縮著雙肩、緊繃著身子不敢輕舉妄動。

一旁的Melody壓了幾次緊急求救鈕，都沒有得到任何的回應，連她都開始覺得難以呼吸，進入恐慌狀態。

「大家不要亂，深呼吸……好，也不要太深。」蘇皓靖抬起頭，「空調是不是跟著停了？」

連薰予沒說話，她緩緩向上，聽著鋼索的聲響，嚓、沙……噠噠。

「小陳，你冷靜……我們都在，你不要慌！」Melody低語著，正在極力安撫陳政達。

「手機不通……手機也……」女孩子們哭了起來，「好可怕，為什麼會這樣！」

「只是停電，沒什麼可怕的。」蘇皓靖居然異常冷靜，「大家站不住就蹲著，先不要出聲音。」

「斷電不可能連求救系統都斷掉的。」Melody皺起眉，擱在按鈕板的手開始顫抖。

「噓……」連薰予眼尾瞟著她，示意噤聲。

聽，電梯井裡有什麼聲音。

唰……唰……這是摩擦音，有什麼東西在電梯箱上面，而且……電梯明明停了，鋼索卻還在晃動，回音陣陣，啪啪、剎。

「隔壁還有兩臺……」蘇皓靖幾乎貼著她的身體，在她身後附耳說著。

「你覺得像旁邊發出的聲音嗎？」連薰予皺眉，怎麼聽都在正上方啊！

蘇皓靖仔細再聽了幾秒，搖了搖頭。

他們的動作與神情只是讓其他人更加緊繃而已，受困電梯裡的感覺度秒如年，更別說裡面燈光如此昏暗又是全紅，加上求救鈕毫無效果，他們完全不知道該怎麼辦！

而且溫度越來越高，空氣也越來越稀薄，空調沒有在運轉啊！

「借過。」蘇皓靖當機立斷，往左邊移動，請他的同事移動，他自己來，再按一次求救鈕。

嗶——這一次，聲音響起，求救鈕是有反應的！

所有人莫不亮了雙眼，一顆心期待不已。

「對不起，我們被困在電梯裡了！」

『……沙沙……沙……』

連薰予打了個寒顫，這個聲音她應該熟悉！她瞪圓雙眼緊抓著蘇皓靖的肩頭，立刻朝他搖搖頭。

蘇皓靖感受到她的發顫，倏地收手，不再按著那個按鈕。

「怎麼了嗎？」Melody 狐疑地看著在左手邊的他們，「還是沒有回應？」

她立刻按了自己面前那右邊的紅鈕，一按下去，卻沒有任何聲響，使勁按了好幾次，依然沒有反應。

蘇皓靖蹙著眉，忍不住再一次按下自己面前的按鈕——嗶！

咦咦，左邊是好的，右邊是壞的嗎？

「喂，有人在嗎？我們被困在電梯裡了！」蘇皓靖高聲喊著。

對講機那邊一陣沙沙音後，好不容易有人回應了！

『……我……我也是……』

這瞬間，電梯裡陷入了恐懼的靜寂，鴉雀無聲。

連薰予整個人都驚住了，從對講機那頭傳出的是她熟悉的聲音……沈伯？

蘇皓靖沒有收手，他根本也石化，連薰予握住他的手，迫使他再壓下按鈕，「可以放我們出去嗎？好熱，我們被困住了。」

『沙……沙……』這一次，對方沒有回話，只有著摩擦音，蘇皓靖瞬間抬頭，他為什麼覺得聲音似與上面同步。

女孩們或摀著嘴或咬著手掌，每個人都抖個不停，剛剛悶熱的空氣轉為冰冷，所有人都已經感受到不對勁了。

「Mia。」蘇皓靖回眸，「妳看見什麼了？」

Mia 咬著唇，嗚咽地哭出聲來，她全身冰冷，尤其是雙腳根本無法動彈。

電梯裡陷入死寂，除了壓抑的哭聲外，就是電梯井裡那詭異的摩擦聲及鋼索震動音，或許左右兩臺電梯上上下下也有些許震動，但是他們知道問題出在這臺電梯裡。

連薰予一顆心都快跳出來，她闔上雙眼緊抓著蘇皓靖深呼吸，他們被困在詭異的電梯裡，從女孩的反應就可以知道，她從鏡子裡看見的只怕不只有他們這幾個人而已。

不管怎麼說，剛剛那聲音就是沈伯的，她不會認錯。

但是，沈伯不應該會傷害任何人對吧……呼……呼……連薰予調節著呼吸，緩緩睜開眼。

在她眼簾裡的是眉頭深鎖的男人，她還沒看過嚴肅版的蘇皓靖，老實說，他真的很好看。

蘇皓靖凝視著她，眼神突然往下瞟，輕微地舉起手，好讓她瞧見他指的是什麼。

手電筒，沈伯的手電筒。

一瞬間，連薰予竟覺得沈伯的手電筒是亮著的。

「妳覺得呢？」蘇皓靖握緊手電筒，拇指都已經推在開關上。「它為什麼會突然在電梯裡？」

連薰予看著手電筒，緩緩揚睫，這問題問得真好，為什麼空無一人的電梯裡、會出現失蹤沈伯的物品？

「已經……五分鐘了。」有人虛弱地說著，「我們……沒有人發現電梯有問題嗎？」

連薰予輕輕頷首，蘇皓靖啪地打開了手電筒。

刺眼的燈光一出，直接照射在鏡子上，這突如其來的舉動只是嚇得眾人尖叫，Mia 更是被嚇得跳開眼皮，卻只見到刺眼的 LED 燈光反射，讓她根本睜不開眼——砰咚！

說時遲那時快，電梯劇烈搖晃後開始移動，Mia 整個人腳軟地跪上地，眼前看見的是與平時無異的燈光。

「啊啊……」其他女孩紛紛睜眼，「恢復正常了，電梯……電梯動了。」

連薰予立即看向數字，快到七樓了，一路往下，這座電梯十八樓以下不停，所以很快就會直抵一樓。

紅色的備用電源不見了，電力恢復，空調正常，剛剛的冰冷正被正常溫度取代。

「剛剛那是怎麼回事？」坐在地上的 Mia 掩面大哭，「我在鏡子裡看到、看到好多人！」

「在電梯裡，不要盯著鏡子超過五秒鐘……」連薰予幽幽說著，朝 Mia 伸出手，「這是我今天查到……關於電梯的禁忌。」

Mia 抬起頭哭泣著，但還是將發顫的手搭上連薰予，勉強站了起來。

「什麼意思？所以是因為有人看了鏡子，所以才……」Melody 搖著頭，「這不合理啊，什麼時候搭電梯也有禁忌了！」

「那平常我們補妝怎麼說？」

「紅色的燈跟那個求救鈕又是怎麼回事？剛剛那個、那邊有人說『他也是』是什麼意思？」

眾人你一言我一語，眼看著電梯就要抵達一樓，連薰予覺得討論這個沒有必要了，那已經不是可以用常理推斷的事情。

「是他在求救吧。」蘇皓靖突然開口，盯著手上握著的手電筒。

叮——一樓到了，女孩們紛紛看著貼在左邊按鈕邊的他。

「沈伯嗎？」有知道這件事的女生抖著音開口。「你意思是說、沈伯他、他……」

「不要亂說，說不定只是失蹤，別這樣說沈伯。」Melody 也認識沈伯，就一個常加班的人來說，認識是正常的。

只見蘇皓靖嘆了口氣，再度耍帥地拋接手電筒，而且這次冷不防的又打開，燈光照向了電梯上方。

「就是『他』在求救。」

啪噠，一滴鮮紅突然落在連薰予扶著 Mia 的手背上。

咦？女孩們同步抬頭向上看著電梯正上方，那刺眼白光照射的電梯頂蓋，曾幾何時竟然自邊縫裡滲出了鮮血……啪噠、啪噠。

「哇啊！」

第三章

黃色封鎖線圍在中間電梯外圍，大樓現在只開放最外側的電梯提供使用，雖說還有很多人沒有下班，但情勢所逼也沒有辦法。

蘇皓靖的八色烤肉是泡湯了，一票女孩子嚇得魂飛魄散，渾身顫抖的在大廳處讓警方詢問，連平常非常幹練的 Melody 都支吾其詞，無法明確的說出完整的句子。

看著警方好不容易撬開電梯頂端的蓋子，一具屍體立刻啪的從孔洞裡滑下，沈伯發黑的臉向著外側，五官皺起，看上去相當痛苦。

連薰予當然沒有看到現場，但是她總覺得有影像傳進來似的，只要看著電梯，就能看見警方在裡面的動作，還有沈伯那張痛苦扭曲的臉。

屍體裹著白布，放在擔架上運送出來，經過連薰予身邊時，她不忍的多看了一眼。

「不可能！頂蓋是鎖死的！」激動的聲音來自值班的林警衛，「你們剛剛自己拆過也知道！」

是啊，都鎖死的上蓋，沈伯是怎麼上去的？上去做什麼？

連薰予暗暗握緊拳，她想起早上的電話，想起剛剛在電梯裡求救鈕的回應，『我也是……』

那是沈伯的聲音啊，他在求救，因為他被困在那兒了！上午的電話也是求救電話，他希望有人可以找到他嗎？

姑且不論蓋子是否鎖死，就算是輕易可拆，以沈伯那身高根本爬不上去，沈伯身高根本不及一百五十，年事已高，他要怎麼攀上去？

「妳說他上去做什麼？」身旁出現涼涼的聲音，「上面又沒有什麼特別的東西，也沒聽過沈伯會修電梯啊！」

連薰予往右瞥向蘇皓靖，他還是那副輕浮的模樣，看了就心煩。

「他才不是自己爬上去的……」連薰予遠望著電梯，輕聲地說著。

「這樣的想法也就太跳 TONE 了。」蘇皓靖伴隨著輕笑，轉身去找連站都站不起來的 Mia。

她是唯一無法回答的人，哭得泣不成聲，同事安撫也都沒用，救護車已經抵達，打算把她送到醫院去。

「Mia。」蘇皓靖坐到了她身邊，溫柔地摟著她，自然到連薰予想翻白眼。「沒事的，我們現在都好好地待在這裡。」

「嗚……嗚……」Mia 只是不停哭泣，雙腳抖得嚴重，簡直不像自己的腳。

連薰予蹙著眉走過去，看她的狀況真的很糟，唇色幾近泛白，Melody 的神色也不好，雙手抱胸，眼神盯著地板，幾乎沒什麼移動。

搭上 Melody 的肩，連薰予像是施以溫暖，「還好嗎？」

她身子劇烈震顫，像是被嚇到一般的向右回身看她，見著是熟人才略軟了身子，吁口氣。

「嚇死我了……」Melody 皺起眉，「剛剛那種情況誰會好啊？我想到那紅色的燈，就想吐。」

封閉的空間，停止的電梯已經夠令人恐懼了，再加上昏暗的紅色燈光，觸目所及都是一片通紅，顏色絕對會影響人的心情，昏暗已經讓人喘不過氣，紅色無疑更是一種壓迫。

五燭光的紅色燈泡，連薰予也很想問，是誰會在電梯裡的緊急備用電源裡裝上神明桌上的紅燈？

「Mia，妳在鏡子裡看到什麼了？」蘇皓靖的聲音傳來，連薰予詫異地看向斜前方椅子上的他們——他怎麼可以問得這麼直接？沒看見 Mia 都已經魂不附體了嗎？

「喂，你不要逼她，她已經被嚇得不輕了！」連薰予忍不住出聲。

蘇皓靖連看都沒看她，充耳不聞，「Mia，是誰拉住妳的腳，妳有看見嗎？」

「啊……」Mia 瞬間僵住雙手，顫巍巍地抬起頭，用驚恐的眼神看著前方，不知名的前方。

誰拉住她的腳？Mia瞪大的眼完全沒眨，牙齒拚命打顫，「啊啊，好多人……他們就站在電梯裡！他們全部塞在電梯裡！」

唰！Mia瞬間捉住了蘇皓靖的雙臂，「那不是人！那一定不是人——還有一個人坐在角落抓住我的腳，他抬頭看著我……不，是瞪著我的，我可以知道他在等我！」

Mia歇斯底里的叫聲迴盪在大廳裡，不只是路人，連警方和警衛都靜了下來，所有人聽著她激動的咆哮，以及那駭人聽聞的內容。

「沒事了！沒事了！」蘇皓靖直接將她摟入懷中，「妳看，現在什麼都沒有，是不是？」

「哇……他們好可怕，那些人都不是人，紅色的，整個電梯都是紅色的！」Mia緊抱著蘇皓靖哭嚎，醫護人員趕緊奔至，必須先帶她離開，「不——哇！你們為什麼要抓我！呀——蘇皓靖救我！救我！」

其他同事反而被這景況嚇傻了，呆站在原地不知道該如何是好。

「沒事的，Mia，我們要離開這裡了！」蘇皓靖邊說，一邊輕鬆的將Mia拉站起身，「妳不想快點離開這裡嗎？」

「……想。」她泣不成聲地說著，「我要離開，快點讓我離開！」

「那我們走……來，站好！」蘇皓靖完全扮演一個溫柔體貼的情人，摟著根本走不穩的女孩，一路往門外走去。

他同時向醫護人員示意，意思又是先把她騙上救護車再說，Mia 現在最需要的，其實是一劑鎮定劑。

過程順利得令人驚訝，蘇皓靖駕輕就熟的把女孩騙上救護車，他人也跟著上去，不知道附耳說些什麼，乃至於他可以順利的下車，緊接著醫護迅速上車後將病患載離。

「唉！」雙手插入褲袋的他，連站都像個模特兒般好看，「希望她沒事——我們需要做筆錄嗎？」

他悠閒地走進來，老實說，全場就他最沒有那種「被嚇著」或是「發現屍體」的氛圍。

「其實都問得差不多了，只希望能隨時跟各位保持聯繫。」警方客氣地說著。

「那好……呃。」蘇皓靖看著同事們，「大家快點回去吧，好好洗個澡，睡一覺明天就什麼事都沒有了。」

是嗎？連薰予心裡滿滿的問號。

回首向封鎖線內的電梯看去，沈伯怎麼上去的？他的死因是什麼？那電梯依然給她無形且龐大的壓力，她不覺得事情即將落幕。

「小薰，妳能陪我上去嗎？」Melody 上前求救了，「我的包包還放在樓上……」

啊！對，Melody 是下來吃晚餐的。

「請警察陪同吧！」蘇皓靖突然接口，「這樣比較妥當。」

「好的，小姐，我陪您上去。」警察立刻應聲，的確由他們陪同比較好。

雖然剛剛也聽了一些離奇的事情，什麼鏡子裡有東西，或是電梯停止、滿室紅光，按下求救鈕裡卻聽見死者的聲音等等……對警方而言，實證才是最重要的。

看著Melody由警察陪同走進電梯後，連薰予才勉強放心，其他人迅速離開，簡直像逃命似的，連薰予覺得星期一雜誌社那邊會少好幾個人。

「我想請問，剛剛有停電嗎？」連薰予主動走向警衛，警察跟警衛都還在。

第一時間沒有人回答她，只有默默地交換眼神。

「沒有吧，看這情況就知道了，我們出來時隔壁兩臺電梯運作正常，我也沒看到有什麼異狀。」蘇皓靖上前，依然淺笑，「剛剛監視器裡面的我們有很奇怪嗎？」

正在檢查監視器的警方搖搖頭，表示還不能透露案情相關的事情，不過他的神色有些凝重。

「原本以為有人按著延長開啟的按鈕，所以電梯停住了。」警衛皺著眉，「真的沒有顯示斷電。」

哎，連薰予嘆了口氣，「我今天有報修中間的電梯……不管怎樣，還是請再檢查一遍吧。」

檢查什麼？所有人轉著眼珠子，上面現在有一具屍體啊！

連薰予低落地走出大樓，她早有預感沈伯出了事，但真的沒想到他就在自己平常搭乘上下樓的那臺電梯上方。

「可愛的小薰在想什麼？愁眉不展的？」左手邊傳來輕快的聲音，聽了實在很不爽。

連薰予忍不住停下腳步，「你為什麼可以這麼輕鬆？死了一個人耶。」

「嗯……我應該要很嚴肅嗎？」蘇皓靖說這句話時，還忍不住有點想笑的樣子。

連薰予壓抑怒氣，扭頭就走，算了！跟這種不正經的人說話，根本是半句都嫌多！

蘇皓靖加快腳步追上，連薰予也加速，很討厭的是捷運就是往這個方向，連閃都沒得閃！

「妳何必這麼生氣呢？歷經剛剛的事，我們應該要深呼吸，別把不好的心情帶回家！」腳長就是不一樣，三兩下就並肩而行了。

「沈伯死了耶！」她皺著眉怒瞪前方。

「嗯哼。」蘇皓靖還聳了肩，「這我們也無能為力不是嗎？」

「我……」對，他們是無能為力，但難道就不想知道發生了什麼事？她就很想知道，是誰對沈伯下手？如果只是場意外，那沈伯到底是怎麼到電梯井裡的！

「我比較好奇為什麼妳知道 Mia 會看到一……有的沒的。」蘇皓靖歪了頭追尋她的眼。

連薰予依然直視前方，一個眼神都不願給，「今天上網查的，關於電梯裡的禁忌。」

「噢……不要照鏡子嗎？」蘇皓靖倒是很狐疑，「我很常照鏡子耶！」

「不要盯著鏡子超過五秒。」連薰予淡然地接口，「你可以google一下就能查到一串。」

蘇皓靖思考似的點頭，「Mia對鏡子補妝，可能多端詳了幾眼，時間就到了啊……」

「但電梯停止不是因為這個。」連薰予緊閉上雙眼，是在……他們拿手電筒的時候。

「沈伯的手電筒吧？我知道，我剛想過了。」蘇皓靖的聲音尾音永遠帶著上揚，「對講機那邊聽起來也像他的聲音。」

連薰予深呼吸，「警衛說沒有接到我們任何求救的訊號，那是沈伯。」

「好，好好好，那是沈伯。」蘇皓靖敷衍似的邊說邊笑，「妳……火氣很大耶，要不要去喝碗綠豆湯或什麼的！」

「你煩不煩！不信就走開，我有事情要思考！」連薰予終於停下腳步，全身緊繃、雙手握拳地瞪著他。

「妳不就想知道沈伯發生了什麼事，但這些根本是想破了頭都想不出來的事，幹嘛浪費氣力時間？」蘇皓靖說得超順還兩手一攤，「不如等警察告訴我們比較快。」

連薰予瞪著他，為什麼她要跟這個人同路？她應該先找地方吃飯的！哼！「再見。」

放棄直行，她左轉掠過蘇皓靖面前，她要先去吃飯，肚子一餓火氣就大！

「妳覺得我們大樓的電梯有問題對吧？所以沈伯的意外也有問題。」蘇皓靖跟賴皮狗一樣跟在後頭，從容不迫。

「你不信就不要跟我談，我要去吃飯，你跟著我做什麼？」

「信啊，有什麼好不信的，信與不信都不會少我塊肉啊，就剛剛電梯裡的事，我當然選信啊！」蘇皓靖很認真的說著，「我也餓了，欸欸——」

說時遲那時快，他直接拽住了連薰予的手腕，就往鄰近的店家走進去，「這間好吃！」

「什麼……喂，我有說我要……」

「欸！蘇先生！好幾天沒看到你了！」

「兩位！」

兩位你個頭啦！

※　　※　　※

沉重的關上大門，連薰予真的有種精疲力盡的感覺，她知道事情未完待續，星期一還是要去上班，二十四樓高的大樓，她真的要爬上去嗎？

已經夠難受了，還被那個蘇皓靖拖著走，他真的是……那是沒神經還是不在乎？沈伯都死於非命，他的同事嚇得魂飛魄散，他卻還是一如往常的輕浮！

「小薰！回來囉！」樓梯上傳來腳步聲，女人急速地奔下。

樓中樓，她跟姊姊分住樓上樓下。

「嗯……」她回頭微笑，「我好累，先去洗澡了！」

「我看了你們大樓的新聞耶，有警衛死在電梯上，超可怕的！」陸虹竹一臉緊張，「妳沒事吧？」

連薰予望著姊姊，露出一抹苦笑，「我就在那部電梯裡……是我們發現屍體的！」

陸虹竹張大嘴巴，「哎呀」喊了聲，原本都要到她面前，瞬間又轉回身去，打開冰箱拿出一個盆子，盆子裡掛著艾草。

「別鬧了！」連薰予後悔說出實話了。

陸虹竹拿起艾草沾水，開始跟觀音點露一樣在連薰予全身上下點了又點，嘴巴喃喃自語著，連薰予要是現在敢妄動，姊姊就會暴跳如雷。

「要弄乾淨啊，不然髒東西進家裡怎麼辦！」陸虹竹超嚴肅的，「好，收工！」

「隨便啦！」連薰予轉身就要入房，她沒氣力跟姊姊耗了。

她姊姊陸虹竹，看上去精明幹練，銳利無比……注意，是「看上去」，實際上是個膽小怕事、世紀超級無敵迷信的傢伙。

跟她說清理家裡會掉鑽石，她真的會信。

「等等！妳要補充體力啊，妳遇到啪咪呀，要快點把穢氣去除。」陸虹竹粗魯地扯過連薰予的外套，直接往冰箱邊的小餐桌拖。「喝碗湯，去得乾乾淨淨。」

「姊！」連薰予簡直哀嚎。

陸虹竹才沒聽她說什麼，逕自從冷凍庫拿出一碗冰，送進微波爐解凍，由於冷凍要到熱需要點時間，她還很貼心地倒了杯青草茶還綠草茶……連薰予根本不想記那是什麼，總之家裡的水都是那些怪怪的東西。

「發生什麼事？妳發現屍體的喔？」陸虹竹一坐下來，立刻雙臂交疊於桌，瞪圓一雙眼睛，只差沒在臉上寫下「八卦」二字。

「很多人啦，我們在電梯裡……遇到了奇怪的事。」連薰予說得自然，因為這不是她第一次撞上怪事。

從小到大，因為直覺強的關係，除了在日常生活中有小確幸外，招致不乾淨的事倒也不少，連薰予總是可以感受到不對勁的事物，看到不該看的東西，並不是陰陽眼那種實體，只是一種第六感。

但偏偏，這直覺真的很準，有時甚至還會有預知夢，連薰予就是知道哪邊會出事，然後再親自碰上。

所以也是見怪不怪，她好奇的是過程。

湯品熱好，陸虹竹細心的為連薰予呈上所謂「袪邪湯」，她可一句都不能嫌，不然姊姊一定會擺臉色，任誰都不能挑戰、質疑她的信仰。

「電梯的禁忌妳要特別注意喔，一項都不能犯，我等等去找給妳……」

「我查過了，但犯忌的不是我。」連薰予聽話地喝著熱湯，「姊，那種很多禁忌都很奇怪啊，說不定是道聽塗說……」

陸虹竹倏地比了個1，就擱在連薰予面前，要她噤聲。

「只要有一個是真的就完了。」陸虹竹說得嚴肅，「所謂的聽說、傳說、禁忌，或許五個裡藏一個真的，十個裡，甚至一百個裡有個真的，妳犯忌就死了。」

「所以我們寧可信其有，要懷著尊敬的心，禁忌就不要觸碰就是了。」連薰予都會背了。

「對！好孩子！」陸虹竹挑了眉，勾起笑容，「快點把湯喝掉。」

唉，連薰予無力地嘆口氣，這湯又不知道是燒了幾打符紙一起熬的，不過調味調得好，至少這次她喝不出香灰的味道。

「星期一我還得去上班，我要走樓梯上去。」連薰予將空湯碗放下，「我的天哪，我真不想去！」

「妳公司這麼高，妳要爬樓梯啊？傻了妳！」陸虹竹可不以為然，「妳不要犯禁忌就好了啊！」

「說得這麼容易？我不犯別人犯啊！」連薰予鼓起兩個腮幫子，「今天就是有人對著照鏡子……不對，不關她的事。」

是手電筒的緣故。

「應該是那個警衛吧，他想求救，妳不是說他打電話給妳？放了手電筒，最後還在對講機那邊等妳？」

連薰予微啟朱唇，愣愣地看著，「我說姊，妳可以換個詞嗎？什麼叫等我？他不是針對我吧！」

陸虹竹緊張地摀嘴，「哎呀！口無遮攔口無遮攔！我亂說的，妳不要當真。」

「我沒有當真——夠了！我真的要去休息了，我累了一天還連續被你們折磨！」連薰予氣得站起身，先是蘇皓靖、再來是姊姊，今天到底是煞到還是怎樣啦！

她直接往房間走去，陸虹竹拿著她的碗要去廚房清洗，突然回首，「小薰，為什麼電梯裡的燈會是紅色的呢？」

打開房門的連薰予頓住，也回眸看向陸虹竹。

對，這是個非常好的問題！警方測試過，那不是什麼好兄弟造成的，電梯裡的備用電源燈泡，的確就是紅色的。

是誰，拿五燭光的燈泡裝在緊急照明設備上？

她的直覺告訴她，這是個需要解開的疑問。

※　※　※

黑色星期一在即使不情願下還是到來，儘管沈伯的新聞已出，但週一時電梯都已恢復原狀，現場經過兩天已經清理完畢，也已經招靈清洗，介意者頂多避開中間那臺電梯，不過不在乎的人還是很多，尤其當人潮一多時，真的沒有辦法在那裡挑電梯。

低樓層的人還能用走的，拿運動當個藉口，至少能心安上班；問題是高樓層的就欲哭無淚了，只怕還沒走到公司就先心臟病發躺在樓梯間裡。

一早就有重要會議，連薰予完全不敢耽擱，起早到公司，而且她真的爬完二十四樓，喘到她覺得快往生，而且當下決定絕不再幹這種蠢事。

最早抵達公司，她先打開空調，為大家插上茶水間裡所有電器，並且備妥會議要用的杯子，現在萬事俱備，就欠 Melody 原本週五加班要處理的資料了。

才想著唸著，就看見某急驚風衝進公司，玻璃門一開一關 Melody 的身影就奔了進來。

「Melody！」連薰予連忙走出會議室。

「啊！小薰小薰！」Melody 簡直像看到救星一樣，「妳居然這麼早來！真是太……

太……」

瞧她上氣不接下氣，連薰予忍不住苦笑，「妳該不會也是爬上來的吧？……」

「呼……呼呼……」Melody 忙拉過就近的滑輪椅坐下，「廢、廢廢話，我快死了！」

連薰予逕自抽過她手上的資料，「我拿去印了喔！」

Melody 比了個 OK，她趕緊先拿資料去印！幸好 Melody 是極負責的人，文件不僅在家裡完成，還起早到公司，才不至於等等開會時兵荒馬亂。

資料分批印好訂妥，連薰予順便做頁數檢查，再好整以暇的放到會議室。

「副總應該會先到吧？」她擺完物件，到茶水間問正在泡咖啡的 Melody。

「有，她剛問我在哪裡，她到公司了。」Melody 已經不再那麼喘了，「正在停車。」

連薰予忍不住心頭一緊，停車場在地下三樓，這完全不必思考，副總一定得搭電梯上來。

應該沒事的，這棟樓公司這麼多間，這麼多人得搭電梯，應該沒事、沒事的……

她走出公司，回到自己在電梯前的位子，開始努力摒棄心中雜念，收拾桌面，她得專心上班……啊，對了，上星期林倫怡拿了一箱資料要她找呢，她剛好趁著這空檔能找幾張是幾張。

可眼神總是容易被移動變化的石英數字分心，看著增加或減少的數字，憂心忡忡地看見左邊的電梯停在了B3。

副總。

副總揹著肩包，提著袋子，焦急地看著電梯總算抵達，她必須在開會前重新審視所有資料，尤其 Melody 上週並沒有在她下班前做出來，即使在電腦上先審過，但閱讀紙本才不會有所遺漏！

叮，左邊的電梯發出響聲，她移動腳步，這麼早，應該還沒有其他人來，而且她的停車位是最底層，其他人的停車位幾乎都在 B1 或 B2，因此顯得 B3 冷清許多。

電梯門開啟，副總愣住。

電梯裡居然已經有人了，而且還半滿，詭異的是每個人幾乎都低著頭，人人都只是盯著地板，唯獨中間前排的人，頭不抬眼睛卻上吊瞥了她一眼。

氛圍非常詭異，副總感覺得出來……這是最後一層啊，為什麼電梯裡會這麼多人？難道又是投機取巧的人，怕等等上去會很多人，所以先進電梯卡位？

遲疑著，她還是走進了電梯，電梯裡的位置只剩第一排可以站，副總悄悄看了手錶一眼，現在才七點半啊，這時間這麼多人就來上班了嗎？

走入電梯，轉身站定，電梯裡的溫度很低，低到她覺得寒氣逼人，向右邊輕挪，伸手想按下自己要去的二十四樓……咦？她看著發光的按鈕，四樓？

這一整臺電梯的人，都要去四樓嗎？果然是同事，所以才會一起擠上來。

按下二十四，她默默地站在中間，還未到上班時間，電梯是沒有管制的，基本上每層樓都可以搭。

緊皺著眉思考等等的會議，但又忍不住想四樓是哪間公司？居然這麼早就讓員工來上班了？

還有，她正後方那個男人為什麼好像依然看著她？

她刻意不站在他正前方，但眼尾可以感受到他的視線仍然盯住她不放，這樣打量人的態度很差勁，完全不抬頭，卻用那雙眼睛轉呀轉地瞄人，很不禮貌。

而且，她還有種被人盯上的不安感。

很想回頭問「先生你有什麼事嗎？」但這電梯的狹小空間裡給人的壓力，卻讓她不敢這麼做。

他們在四樓就出去了，沒關係，再忍一下……她睜開眼睛，卻看見24的燈熄了。

「欸？」她狐疑地蹙眉，她剛剛才按下的啊！趕緊伸手再按下24，燈是亮了，但是沒兩秒又在她眼前消失了。「怎麼回事？」

副總焦急地抬起頭，看著電梯過了一樓，趕緊再按一次，接著聽見細微的聲響，來自她的左手邊。

等等，那也是按按鈕的聲音吧？她往左邊那邊的按鈕瞥去，看見左側的按鍵板上，有人的手指也停在二十四樓的位置。

換句話說，在她選擇時，同時有人按了取消？

這是什麼意思？副總沒有如想像的立刻爆怒質問，取而代之的是一種恐懼，刻意取消她按的樓層有什麼目的？

盯著眼前三排的數字看，過了一樓了……天哪，為什麼過一樓時電梯沒有停？一樓完全沒有人等電梯嗎？還是剛被另兩臺接走了？

四樓是哪間公司？這些員工是……副總眼神落在按鍵上，血液在下一秒突然被抽離身體似的，忍不住發顫。

這棟大樓……因為住商混合，所以沒有四樓。

方形的按鈕只有三跟五，中間並沒有四啊！但為什麼此時此刻會多一顆4的按鈕在中間！

「妳想去哪一樓啊，小姐？」

身後傳來低沉的嗓音，方向來自於離她最近、那個一開電梯就瞪著她的人。

喝！副總倏地回身，臉色卻在瞬間刷白。

電梯裡，只有她一個人。

「啊啊啊……哇啊！」副總整個人向後撞上了門，剛剛那一電梯的人呢！

最少七個人啊，還有那個站……站在她身後，一開始就瞪著她的那個……

副總貼著門，連喊都喊不出來了，空蕩蕩的電梯裡只剩她一個人，剛剛在裡面的人全數消失就算了，問題是、問題是當她回身的這時，她卻從鏡子裡，看見七個背影，還有一臉慘白的她自己！

「啊啊——哇呀！不！走開！」她倏地轉回身，瘋狂的按著電梯按鈕！

她已經不再執著要到二十四樓了，就近的樓層她全部都按，只求門快點開！快一點開啊啊——

她前額抵著按鍵板，這一定是幻覺，她做夢！對，她正在做惡夢，一睜眼就什麼都沒有了！

不可能有這種事啊！

『妳要去哪層樓呢？』

聲音準確的自右邊再度傳來！右邊！副總汗如雨下，她的右邊是牆啊，什麼都沒有，只有光可鑑人的……淚眼汪汪地瞟去，為什麼牆上映著的人也能跟她說話啊啊！

她的身邊明明沒有人，電梯裡就沒有人！

「開門！開門啊！」她歇斯底里地敲著門，「開門！」

剛剛瘋狂按下的樓層再度消失，電梯沒有停下，她抬頭看著石英數字，電梯宛如雲霄飛車般加速上升，24、25、26、27、28——

「啊呀呀呀——」副總驚恐地跪上了地，感受到速度的攀升，電梯唰地拉到了頂樓。

咚！劇烈的震顫嚇得她失聲尖叫，停下了。

跪坐在地發抖的她瞪圓雙眼，雙手掩著耳朵，電梯停了嗎？停在幾樓呢？她不敢抬頭，不敢轉頭、不敢往任何地方看，她只敢看著她的雙腿。

喀……咿，電梯門緩緩開啟了。

她完全無法期待任何即將發生的事，她想出去，但是現在卻沒有人比她更怕電梯門開啟之後的場景……

這究竟是怎麼回事？是惡作劇嗎……她知道不是的，她不懂為什麼會這樣！

電梯門開啟了，外面是一片漆黑，跌坐在地的她觸目所及，只有黑暗的空間、鋪著報紙的地板。

『嘻嘻嘻……』笑聲從外面的空間傳來，伴隨著奔跑聲。『等等我啦！你在哪裡！』

不不不！不要！副總趕緊直起身子，她要按下關門鈕——一抬頭，電梯門口不知何時站著一個人。

她沒來得及看清楚對方的樣子，她只看見染滿血的裙子，還有全是飛濺血跡的雙腳，然後——電梯就掉下去了。

開著門的電梯，像自由落體般瞬間從三十五樓鬆開，筆直地往下掉。

「哇啊啊啊——」副總發狂地尖叫著，她可以看見電梯箱摩擦牆壁的火花，她還可以看見……

看見不該看得見的人，在掠過的每一層樓殘影裡！

在尖叫掙扎的女人、驚恐瞪大眼的男人、身穿紅色洋裝正在哭泣的女孩……不可能，就算電梯箱的門是開著的，每一層樓的電梯門應該也還是緊閉的啊！

「為什麼——」她趴在地上尖叫，「為什麼要這樣對我——啊啊啊啊——」

砰！又是一個急煞，趴在地上的副總尖叫未止之前，電梯倏地再度向上拉，只是讓她更加歇斯底里而已。

『妳怎麼不說妳要去幾樓呢？嗄？』

『哈哈哈哈！』

『嘻嘻，去幾樓呢？小姐，幾樓啊——』

叮！

連薰予緊握飽拳的站在櫃檯裡，僵硬著身子，因為從B3上來的時間真的太久了，而且電梯根本沒有在二十四樓停下，它上去頂樓後緊接著又回到一樓，數字跳躍的速度比直達還快了些……而且，她好像聽見了尖叫聲。

從一樓拉到二十四樓根本沒幾秒，卻突然亮起燈，數字停在了二十四樓。

電梯門自中間打開，連薰予一顆心都快停了，裡面有人……有……

「哇啊！哇啊啊！」尖叫聲自裡面響起，女人蜷縮在角落裡，整個人背向外側，逕自放聲大叫著。

連薰予瞠目結舌，那個是……是？副總悄悄的往外瞥了一眼，看著敞開的門，恐懼啃噬著她的心靈。

「走開！走開啊！」她跪著移動到按鈕邊，慌亂的要按下關門鈕，「關、關門！！」

「天哪！副總！」連薰予認出那花容失色，瘋狂的女人是誰了，二話不說就衝上前！

副總竟飛快地扭身按下關門鈕，連薰予趕緊抵住門，不讓門關上，「我是小薰，副總！妳認得出來嗎！」

「不！走開走開！」副總抱著頭，將連薰予視為駭人事物的立刻蜷起，「為什麼要這樣對我！放我出去！放我出去！」

「副總！」連薰予看著這電梯，不過一公尺見方，為什麼能有這麼大的壓迫感，「副總，妳到公司了！這是二十四樓啊！」

二十四……副總眼淚口水鼻涕滴了一身，地上還有失禁的痕跡，她顫巍巍地抬起頭，終於與連薰予四目相交。

與此同時，聽見尖叫聲的 Melody 從公司裡衝了出來，「怎麼了！」

「啊啊……啊啊啊——」副總下一秒即刻跳了出來，直接撲向連薰予，「滾開啊妳——」

「呀！」

「放開我！放開我啊——」擔架上被束縛的女人依然瘋狂地掙扎著，「他們來了，他們要過來了！我不要進去！不——」

連薰予看著醫護人員將擔架抬起，步入了電梯裡。

「不要搭電梯！我不要搭電梯！不——」歇斯底里的尖叫聲傳來，可以聽出深植在副總心裡的恐懼。

很難想像那個精明幹練的副總，只是從地下停車場搭電梯上來，居然就變成了這副模樣！

沒有人知道她在電梯裡看見了什麼？遇見了什麼？因為副總的狀況完全無法好好說話！

連薰予試圖把她從電梯裡拉出來，不但徒勞無功還被揮打，副總恐懼瘋狂的亂踢亂叫，幸好其他兩臺電梯適巧有人抵達，才協助她壓住副總。

電梯裡是副總散亂一地的資料，還有她失禁的體液，所有的東西散落一地，她的尖叫聲未曾停止，額上裂了一個口子，對照按鍵上方的血跡，她似乎使勁用頭去撞擊了那些按鈕。

不成致命傷的傷口，但令人擔憂的是她的神智與心理狀態，以及……連薰予看向閉門的電梯，電梯裡究竟出了什麼事？

公司正常運作，Melody 被迫叫去頂替副總的位置與廠商開會，公司步調不能亂，因此外面就由連薰予接手，老闆也下令員工不許出來看熱鬧，大家做好自己的事，認真工作便是。

一轉眼，櫃檯處又只剩她一個人，連薰予無力地坐回座位，雙手掩面。她不但全身虛脫，而且有種自腳底冷上心頭的寒意。

只是指尖撫面，她的手指都能這樣抖個不停啊……

叮！電梯的聲響總是令她像驚弓之鳥，倏地抬起頭，看見中間電梯步出的男人。

「不知道妳愛喝什麼，買了美式。」蘇皓靖從容走來，把咖啡放在櫃檯的玻璃桌上，「糖跟奶精另附。」

連薰予皺著眉，呼吸困難地看著他。

剛剛出最多力的就是他了，永遠遲到的傢伙今天竟提早到公司，大家壓制副總之際，是他把副總拖出來的，老實說真幫了大忙！因為副總死命掙扎，連她上前都被抓傷，反而是蘇皓靖眼明手快，抓準角度從副總身後出手，由後架住她腋下，直接就拖出了電梯。

看著蘇皓靖，她無法動彈，擱在頰邊的雙手越抖越厲害。

「喂！別這樣啊！一點都不像小薰了！」蘇皓靖竟笑了出聲，把咖啡往她手裡塞，「瞧，熱熱的，是不是覺得舒服很多。」

深怕滑掉咖啡，她握得死緊，事實上她一點都沒有覺得舒服，更笑不出來。

「妳應該要微笑的，櫃檯耶，要微笑以對喔！」蘇皓靖悠閒地靠著她的玻璃桌，「而且十點半了，貴公司的便當事務……」

「啊！」這簡直一語驚醒夢中人，便當啊！連薰予瞬間醒了過來，緊握咖啡杯，要不是紙杯夠厚，蘇皓靖真怕杯子被捏爛。

「動起來吧！坐在這裡發呆發抖也沒有用啊，該做的工作還是要做！」蘇皓靖用指節敲敲桌面，「我也得進去囉，忙了一早上，肚子也餓了，順便幫我訂個便當吧？」

連薰予往上瞅著他，這平常令人不屑一顧的輕浮語氣，今天聽起來卻順耳許多。

「好，你喜歡吃什麼，我請客。」連薰予話說得乾脆，先喝了口熱騰騰的咖啡，鎮靜心神。

蘇皓靖說得也沒錯，就算她協助處理副總失控的事，該做的工作還是得做，群組裡的便當文件並不會消失，公司同仁還是要吃飯；還有堆積如山的工作也沒人會偷做，就算羅詠捷自告奮勇代接上午的電話，但事情還是得她自己消化。

「哇！別這樣，我超不習慣的！」蘇皓靖居然一臉吃驚的樣子，「妳什麼時候這麼好心！」

「你早上幫了我大忙，至少拖出副總……」要不她當時根本不敢完全踏進電梯裡。

一腳在外面、一腳在電梯裡，又想拉出副總，心有罣礙根本不可能。

「那是妳顧慮太多啦！」他笑了起來，「放心，我今天是英雄，裡面多的人要請我客呢！」

蘇皓靖帥氣轉身，右手在空中揮了揮代表再見，就往自個兒的公司裡進去了。

連薰予捧著咖啡，溫度似乎真的暖了心，她努力的調節呼吸後，開始點開群組，她得快點訂便當……快……右手依舊在發抖，她必須用左手壓住，才能制住不止的顫抖。

究竟怎麼回事，她有種想哭的衝動，這裡的壓力大到她喘不過氣了。

「喂，妳太誇張了吧？」

冷不防的，蘇皓靖的聲音近在眼前，她連抬頭都來不及，發抖雙手就被他的手包握住，蘇皓靖蹲下身子，就在她面前。

連薰予啞口無言，看著吃豆腐完全不假思索的男人，腦袋還是一片空白。

對啊，沒聽見感應卡的聲音，他還沒進去。

「又不是妳在裡面，妳抖什麼啊？我剛坐電梯上來也很正常啊。」他一臉無奈地看著她，「妳知道妳腦補越多，想越多，只會更加恐慌而已嗎？」

「我……」她看著蘇皓靖的眼睛，這傢伙雙眼皮就算了，眼形很好看，睫毛比她還長是怎樣？

「越恐懼，遇到事情妳就會不對勁，根本草木皆兵，」他頓了幾秒，眼神往右邊瞥去。電梯的方向。

「你看那邊是什麼意思。」連薰予皺眉，討厭他那種若有所指的樣子。

「一旦恐慌，不就正中他的下懷？」蘇皓靖挑了眉，伴隨著輕笑。

他的下懷？連薰予下意識的也往電梯看去，再正首，「你是說……」

「我不知道發生什麼事，也不管裡面有什麼，反正我們都知道不尋常，這時候更不能慌啊！」蘇皓靖拍拍她的手，「反正犯事的又不是我們，怕什麼？」

「……話好像不是這麼說。」她皺眉，她沒犯事還是怕啊，「你怎麼能這麼泰然？」

「泰然……我沒有啊，我只是不想認真去想這件事而已！」他起了身，再把咖啡塞進她手裡，「管好自己比較重要，來，再多喝兩口就該工作囉！」

「哄孩子啊你！」連薰予皺著眉，說穿了這傢伙就是整個人生態度都很輕浮就對了。

他什麼都不想認真對待，即使是發生這種事……置身事外也就無所謂了？

可是她不認為副總或是沈伯有做過什麼事，但也逢此遭遇啊！

看著蘇皓靖進入他公司的背影，連薰予低頭看著手裡的咖啡，還是聽話的再喝幾口後，趕緊將椅子轉正，再晚便當就會延遲的，那她……咦？

望著自己的手，她才發現已經不抖了，那種發寒的感覺竟已消失，心也不再那麼慌了。

有沒有搞錯啊？她瞬間往右手邊瞪去，會是因為那種傢伙嗎？NONOOOO，怎麼可能啊，她對蘇皓靖無感啊！而且她其實很討厭輕浮的人！

不過心確實穩定許多，她深呼吸，視線既無法避開電梯，就只好接受它了！等會兒警方還會再上來一趟，她還得繼續協助咧！

瞥著昨天查到的資料，她想了一會兒，決定點開。

關於電梯的禁忌，她覺得有必要列印出來，不管是不是怪力亂神，貼在外頭，至少給大家一個警告。

如果有人問她為什麼覺得跟這禁忌有關，她也真的只能說，是直覺了。

※　※　※

「所以副總到底怎麼了？」

中午吃飯時間，櫃檯史無前例熱鬧，八卦的、好奇的、擔心的人全包圍住櫃檯，問著處理後續的連薰予。

「我也不清楚，她沒辦法回答問題，就直接送醫了。」連薰予自始至終都是這樣回答，但好像沒人信。

「可是我上來時聽見她一直在尖叫，一下走開、一下開門的！」同事們交頭接耳，「警方應該有調監視器吧，電梯裡都看得見的。」

「這我就不知道了，警察一走我就忙到現在囉！」連薰予笑笑回應，刻意把列印出來的電梯禁忌擺在極醒目的地方，希望包圍住櫃檯的人們可以留意到。

「小薰小薰小薰小薰！」公司裡衝出才忙完的羅詠捷，「妳有沒有事！」

羅詠捷撥開人群直衝到她身邊，連薰予圓著雙眼笑看著他，「我能有什麼事？」

「早上嚇死我了，兵荒馬亂的耶！」羅詠捷拍著胸脯，「我一上來就看見副總在那邊狂叫！」

「她是受了點驚嚇吧。」連薰予輕描淡寫地說著，「只是究竟出了什麼事，只有她知道了。」

「那模樣很誇張耶！」蔣逸文果然跟著現身，「我看隔壁好幾個人架著她都吃力！」

「對對對，副總好像溺水的人一樣，掙扎的力道很驚人！」說話的阿寶也有參與，她負責壓住副總的雙腳。「要不是其他人也陸續趕到，根本制不住。」

「溺水那是求生意志，所以……」頓了一頓，一群人下意識地回頭看著後面的電梯。

電梯是會發生什麼事，讓副總歇斯底里瘋狂的想求生呢？

「咦？什麼東西——電梯裡的禁忌？」好奇又愛東張西望的羅詠捷果然看見了她桌上的

東西，越過連薰予從桌上就是一抽。「不要注視鏡子超過五秒鐘，不要、不要在電梯裡照鏡子、不要貿然爬出去、發現有鞋千萬不要進去……什麼啊！」

連薰予默默打開飯盒，第一目的至少達到了。

所有同事都往羅詠捷身邊聚過去，連薰予印了好幾張，所以她還能分一些給蔣逸文，好讓大家閱讀。

「好可怕……電梯裡有這麼多禁忌嗎？」

「欸，我聽說那邊啊……」說話的人用下巴暗指對面雜誌社，「上星期發現沈伯屍體時，有個女生正對著鏡子補妝，然後出來後拚命大喊說看見別的東西！」

「不必管那邊，Melody 不是也在現場？還有……」大家說到一半，眼神往連薰予瞥去，「小薰，妳也在是嗎？」

連薰予點點頭，「我只是覺得……最近有點不安，順手查了一下。」

又順手印出來想提醒自己罷了。

「欸，貼在外面好了，我也覺得很毛耶！」女孩子皺著眉，「而且真的要我走二十四樓上下班會死人的。」

「拜託，走樓梯也怪怪的啊，我們那個樓梯燈好暗……而且人又少，又髒……」

「小薰，妳可不可以發群組啊！」

「等一下！這樣會不會被罵啊？」蔣逸文思考得快，「萬一發群組，上面說她在攪亂人心怎麼辦？」

「不能當參考嗎？」羅詠捷直接放下列印紙，「妳發給我，我來發！反正我一直都很白目。」

連薰予忍著笑意，白目不是自己講的好嗎？但羅詠捷真的就是大剌剌的類型，只想自己想說想做的，不太在意其他人。

所謂「做自己」與「沒禮貌」的一線之隔，羅詠捷就是界線上的那位，隨時都會偏掉。好處是她沒什麼心眼，很好相處，壞處的確是得罪不少人也不自知！只怕羅詠捷她全不知道她跟蔣逸文在後面替她擦了多少次屁股。

「喂，妳等等真的被電就知道了！」蔣逸文按住她的肩頭往後，「小薰，妳傳給我。」

「你？」羅詠捷回頭瞪圓了眼看他。

「對，我！我比妳會做人。」蔣逸文也說得直接，朝連薰予使眼色，她立即點頭。「好了啦，大家不要在這裡八卦了，小薰已經忙一上午了，讓她好好吃頓飯吧！」

同事們也很識趣，連薰予的確忙了一上午，既然副總什麼都沒說，雖然事實上是問不出所以然來。

大家一人一句辛苦了，再跟蔣逸文交代一定要廣傳……天哪，誰曉得搭個電梯也有這麼一堆禁忌的？

等大家都進去後，反而羅詠捷跟蔣逸文兩個人直接拖著椅子到她旁邊，一個捧著便當、一個吃飯糰，陪她吃飯來了。

「我沒騙他們，我沒聽到啊！」連薰予聳聳肩。

不過兩個同事都用質疑的眼神看著她，就算小薰沒聽到副總喊了什麼，她應該也「感覺」到什麼吧？

「電梯開啟時只有妳在對吧？」羅詠捷壓低了聲音，「Melody 說的，她聽見叫聲才衝出來。」

「是啊，我一開始還沒認出是副總。」連薰予吃著便當，盡可能細嚼慢嚥，她今天已經夠緊張了。

「然後？」蔣逸文也閃著期待的眼神。

她向左無奈地看向他們，伸長手抓過上方櫃檯上遺留的電梯禁忌傳單，「這就是然後啦！」

一男一女先是愣愣的看著她，然後異口同聲的「哦～」

「所以妳覺得跟禁忌有關嗎？」羅詠捷再次端詳，「照鏡子、看到有人瞪著妳……電梯裡只有鞋子？」

「就是第六感，因為情況太像了……」至少從上週發現沈伯開始，她就覺得是。

Mia對著鏡子補妝，電梯裡滾動的手電筒……沈伯的屍體如果在電梯井裡，那手電筒是怎麼從他身上掉下來的？

「這麼說來，副總也可能觸犯搭乘電梯的禁忌，才會……她是遇到了什麼吧？」蔣逸文思忖著，幾度欲言又止，「不過還是不合理，我在這兒工作幾年了，羅詠捷妳更久吧？」

「三年啦，我還沒畢業就在這裡打工了。」羅詠捷眨眨眼，「別的不說，像Melody都五年了，為什麼現在才出事？」

連薰予不知道該怎麼回應，只是再塞入一口飯菜，事情不是從副總開始的，是沈伯，沈伯的死亡應該才是開端。

「而且如果說犯了禁忌會出事的話……」蔣逸文看著手上的紙不由得皺眉，「那也要有源頭啊。」

「源頭？」羅詠捷咬著飯糰，口齒不清的問。

連薰予則是頓了住，緩緩看向了蔣逸文。「你是說，曾發生過什麼事嗎？」

「嗯，一般都是這樣，犯禁忌會惹到什麼，引起事件，那、個就必定存在於……」他邊說邊轉著眼珠子，瞄向了電梯。

連薰予圓睜雙眼，接著忍不住倒抽一口氣。

對啊，如果犯禁忌會出現什麼東西，那個「什麼」就是早存在這電梯裡的，那他們為什麼會存在？

「這裡出過事！」連薰予立即放下了筷子，把便當移走，拉出了鍵盤，「我們這棟大樓建多久了？如果電梯有出過意外應該找得到吧？」

「不一定喔，不是每件事都會上報。」羅詠捷立刻搖頭，「不過警衛或管委會應該知道吧？」

「還有住戶，久～遠的住戶。」蔣逸文微皺眉，「或是電梯公司，因為如果是電梯意外，他們應該都會被找來負責吧？」

「公司資深員工可能也知道，還有對附近熟的……Melody 跟陳政達！」有時八卦裡說不定帶著真實！

對啊，電梯出過意外，所以這裡有東西存在，觸犯禁忌時才會出事……只是如果都是意外，為什麼要去針對不小心觸犯的人。

「總覺得沒那麼單純，如果是失足跌落的人，找副總麻煩做什麼？」連薰予皺著眉，手在鍵盤上停滯了。

「很單純，先好好吃飯很難嗎？」

右邊的走道中走出了礙眼的男人，蘇皓靖又跟兩個女孩一起愉快地步出，「妳是太閒了嗎？」

「走開啦。」見到蘇皓靖，連薰予實在沒有太多的耐性。

「好好吃飯吧，我要是遇到妳早上那景況，只怕一整天都消化不良了，現在還繼續啊！」

蘇皓靖上前按了電梯。

「早上他們公司好扯喔，有個女的歇斯底里，跟發瘋一樣。」他身邊的女孩討論著，「好像還把電梯裡弄得亂七八糟。」

「又電梯，搞得我都不敢一個人坐了。」另一個女孩還心有餘悸，「蘇哥哥，幹嘛不叫便當就好！」

蘇哥哥咧，以為姓蘇就可以這樣叫嗎？拜託！

「跟我一起有什麼好擔心的。」他倒是從容，對於電梯，他真的都沒有懼色。

連薰予卻忍不住看著上升的數字，目前看起來一切正常，她也沒有感受到什麼不好的事會發生。

叮，電梯抵達，開啟後蘇皓靖還回頭瞥了她一眼。

女同事們戰戰兢兢地步入，就他一個人從容不迫，笑著說別想太多。

怎麼可能不想太多，連薰予低垂眼睫，但蘇皓靖有句話還真說對了：別拿這種事折磨自己；她強大的直覺總是為了他人的事懸心，中飯再不好好吃，等等胃痛了回去又得挨罵。

「那傢伙說得也對，我們來查好了。」蔣逸文接口，「小薰，妳要慢慢吃，妳不是常鬧胃痛？」

「噢，對耶！吃飯吃飯！」羅詠捷起身粗魯的把她鍵盤推進去，電腦螢幕關掉，「專心吃，妳上午沒緊張到胃痙攣已經很強了。」

連薰予失聲而笑，「誰告訴妳沒有？」

她苦笑看著朋友，全是靠吃藥壓下的，當蘇皓靖拖出副總時，她就知道今早難捱，那時就先吞藥了。

胃不好就是因為神經質加敏感，強大的第六感很多人以為很好，但其實很折騰。

「那就麻煩你們啦！」連薰予對於這好意只能領受，她也實在害怕在查詢的過程中，光點開新聞頁面就又感受到什麼東西。

「妳就放心吧，我覺得喔……」蔣逸文默默的盯著電梯，「不說以前發生過什麼事，單就最近發生的事情，一定有些什麼隱情，才會讓意外接二連三。」

「對耶，看不出來你很聰明耶！」羅詠捷很認真的在稱讚對方，「要不然就像你說的，在這邊這樣久，為什麼偏偏沈伯意外身亡？副總又發瘋？」

連薰予嚼著豆干，微咬了唇，「我不認為沈伯是意外。」

啊……蔣逸文偷偷推了羅詠捷一下，就知道小薰跟沈伯關係好，說話也不注意。

「對啦，警方也還在查。」羅詠捷趕緊改口，「畢竟他根本不可能進入電梯井。」

連薰予緩速地闔上雙眼代表點頭，其實上午副總的瘋狂喊叫中，除了「走開」跟「開門」外，還有別的。

那是毫無章法的混亂詞句，塞在尖叫和與語無倫次的喊話中。

『叫他們離開！為什麼要找我？一直瞪我、他一直在看我！』

極為碎裂的單字片語藏於其中，這麼多人都沒聽清楚，但是她就是抓到了關鍵字……很遺憾的，她覺得蘇皓靖也聽見了，因為他有幾秒的時間瞥向了她。

但是他們很有默契的什麼都沒說，蘇皓靖幫忙完收工，拍拍屁股就閃到一邊去，不管誰問什麼都叫他們來問她，她也就是永遠一個答案：副總一直尖叫，什麼都聽不出來。

叫他們走開，又有人在瞪著副總，她不由得想到關於電梯的禁忌。

有詭異的人在不要進電梯：進入電梯前，如果發現有個人低著頭，眼神卻上吊著盯著你，千萬不要進電梯，說不定那不是人……

副總是不是進電梯前，已經有人在電梯裡了呢？那些人是哪裡來的，又為什麼要這樣對待副總？

小小的傳說、微不足道的禁忌，究竟為什麼會突然變成這麼駭人？

「你們自己要小心。」連薰予終於忍不住開口，「電梯裡大有問題。」

「我們知道了啊！」羅詠捷用力點頭，都出兩件事了。

「我是說，應該有亡者在作祟。」

而且是超出了一般的阿飄好兄弟，沈伯就是個血淋淋的例子。

羅詠捷聞言變得有點緊張，默默地點點頭，蔣逸文繞過來，想要多拿幾張禁忌傳單進去擺，卻在桌上看見了奇怪的東西。

「這什麼？」他雙眼一亮，「小薰，這妳寫的嗎？」

「什麼？」連薰予趕緊站了起來，才發現桌上曾幾何時壓了一張紙，Ａ４的紙張上，是條列分明的事件紀錄。

「女孩失足跌落電梯、婦人夜歸在電梯裡遇劫身故、電梯鋼索斷裂男子慘遭夾死……」

連薰予瞠目結舌的看著上頭的資訊，「這是哪來的？這是我們這棟大樓發生過的事情？」

「就放在這裡啊！我以為妳……」蔣逸文突然愣住了，咦的一聲轉頭看向雜誌社。

剛剛，那個很有名的蘇皓靖走過來時，好像往桌上擱了件東西。

「蘇皓靖嗎？」連薰予只覺得他逼近，她坐著的角度看不見他擺放什麼東西，「他也覺得跟意外有關了。」

「嗄？這會不會太扯啊！」湊過來的羅詠捷很難理解，「被夾死的是十年前，失足掉落都要三十年了，還有搶劫那個也有七年——這麼久之前的事情，怎麼會現在才一併爆發？」

「因為有人犯了禁忌。」連薰予瞇起雙眼，凝視著電梯，「只怕是比我們想像都嚴重的禁忌。」

就像拿對鑰匙解開了鎖，壓抑已久的東西便傾巢而出。

第五章

這棟住商混合大樓屋齡三十餘年，第一起查得到的電梯事故發生在二十六年前，當時電梯維修只有簡單的用封條圍著，外頭沒有刻意阻隔，電梯門大敞，不懂事的六歲小女孩自高樓一腳踏進電梯井，一路摔到地下三樓，當場死亡。

第二起是電梯偷工減料的代價，一個男子返家，抵達樓層後隻腳才踏出，電梯鋼索斷裂，整臺電梯往下墜，他半身就被夾在縫中，右大腿被截斷在電梯裡滾動，也是當場死亡。

第三起是絕對查得到的社會案件，婦人夜歸，尾隨進入的男子跟在她身後進入電梯，住商混合自然無法輕易認得所有鄰居，男子在電梯裡持刀行搶，婦人尖叫掙扎，為了阻止她尖叫，刀子刺穿了她的喉嚨。

照片中的電梯裡殷殷紅血淹滿，婦人倒臥在自己的血泊中，搶劫犯三日後被逮捕。

最近的是大概三年前，電梯突然停電，有個人恐慌症病發，在電梯裡活活嚇死，即使警消已經以最快的速度趕來了。

「這些都還是查得到的，基本就有四起耶！」

「喂！」身邊的蔣逸文推了她一下，「看場合說話。」

場合？羅詠捷眼珠子轉了一圈，是囉，他們現在在電梯裡。

連薰予一進電梯就呈現警戒模式，右手扣著肩包提把，左手繞過身前握著右手上臂，低首不發一語，不看電梯門也不看鏡子靜靜地站在一旁。

羅詠捷趕緊有樣學樣，其實現在電梯滿員，正值下班時段，或許不必這麼緊張？她也不知道，她只知道副總出事、警衛死亡，但就是有一種扯不到自己的感覺，所以沒什麼危機感。

蔣逸文也是低著頭看自己的腳，他們下午把蘇皓靖列出的事件詳查了一遍，時代越近越清楚，最多資料的是搶劫的新聞，因為屬社會案件，嫌犯又逃了幾天才被抓到，新聞版面不少。

幾十年前的事就難找了，連被電梯夾死的新聞都很小，虧得那位蘇皓靖找得到……是因為他們雜誌有寫過相關報導嗎？

電梯裡的氣氛也很緊繃，所有人都盯著數字，一種巴不得快點到一樓的感覺。

「呼……」一出電梯，羅詠捷鬆口氣的聲音超明顯的。

「好了，平安達陣。」蔣逸文故作輕鬆，「我們晚上去吃點好料吧？幫小薰補一補！」

「對啊！去吃鍋！還是烤肉！」提到吃，羅詠捷可有精神了，「妳看妳的臉色超難看的！」

連薰予泛出虛弱的微笑，她是真的很疲憊，「明天吧，我想要回家休息。」

「就是這麼累才要補啊！」羅詠捷抓著她手搖來搖去。「走嘛走嘛！」

「答應妳明天，明天嘛！」連薰予學起她的口氣。

眼尾瞥見從外頭走進來的人，蘇皓靖隻身走來，瞧見他們時高舉右手打招呼，微笑以對。

「下班啦！」他遠遠地說著，「再見！」

「再見！」羅詠捷回應得很自然，「咦？他要加班耶！」

「應該吧！」蔣逸文不怎麼在意，「好了，羅詠捷妳別盧小薰，讓她回家休息，她臉色真的很差，我們明天吃烤肉。」

「哎唷……」羅詠捷哀叫著，她想今天吃嘛！

「別鬧了！我們兩個先去隨便吃個晚餐啦！Melody 不是說對面小巷弄裡有一間古早味麵攤？」蔣逸文催促著，「晚上我也會幫忙查一下其他資訊。」

「還要查什麼？不是有了嗎？」羅詠捷歪著頭。

「我覺得不只找電梯耶，這棟大樓有出過的事是不是也算？」蔣逸文淺笑著，「反正都找，說不定能找出什麼。」

連薰予微笑著，「還是你細心。」

「找到了之後呢？」羅詠捷不解的是這個，「我們能做什麼嗎？能阻止什麼嗎？」

「能的話就盡量吧，我也想給沈伯一個交代！」連薰予這語氣堅定，已經吃了秤砣鐵了心。

因為她知道，沈伯的死因不是警方找得出來的。

他們只能找到「死亡原因」，但找不到「致死原因」的。

見連薰予一臉嚴肅，羅詠捷就收斂地鬆開手，小薰跟沈伯關係好，這件事當然對她打擊甚大，或許這就是小薰執意想找出問題的原因吧……說實在的，電梯這幾日的確很怪異，尤其副總的狀態簡直像突然發瘋！

三個人一起往大門走去，也有腳步快的其他人掠過他們而去，幾個看起來就是要加班的人也正從大門過來，然後一個穿著紅色風衣的女孩奔過連薰予的身邊——咦？

連薰予戛然止步，她倏地回身，看著那紅色長髮的身影急速往電梯那邊衝，因為電梯看著就要關門了。

「……等！等等！」連薰予脫口喊出，旋身就跟著往電梯那邊衝。

「咦？」羅詠捷一怔，「小薰？」

「你們回去！」連薰予頭也不回喊著，「立刻回去！」

立刻回去。蔣逸文僵著身子，小薰的口吻很嚴厲，她又感覺到什麼了嗎？緊窒的深吸一口氣，她抓住了要跟著衝過去的羅詠捷。

「小薰說走了。」

「太奇怪了她！」羅詠捷扯開了嗓子，「小薰！」

「等一下！」連薰予的矮跟鞋在大理石地板上滑著，及時滑進了電梯裡。

蔣逸文拽著羅詠捷，箝著她手臂的力道加重，「小薰說走了。」

「我……」羅詠捷皺眉抬首，「會痛耶你幹嘛……」

「小薰，說、走、了。」蔣逸文一字字地說著。

啊……羅詠捷瞬間明白，憂心忡忡地看著已關閉的電梯，「天哪，她又感覺到什麼了嗎？」

「或許，她的直覺一向很準。而且她要我們立刻走的話……」

羅詠捷被拽著移動了腳步，「可是、可是如果她遇到什麼事的話，我們怎麼可以扔她在那裡！」

「羅詠捷！」蔣逸文使勁把她拖出了大樓外，「既然她直覺強，她一定能逢凶化吉的啊！」

「嗄？」

「她能用直覺避險啊！妳忘記上次 Melody 想買的那支股票？」蔣逸文提醒著。

之前 Melody 想買一支股票，正在交易的時候連薰予剛好在各部門發放信件，走到 Melody 身邊時，她突然冒出一句：「這支一星期內會連續跌停鎖死三天。」

那句話讓正在準備買的Melody愣住，交易自然也沒繼續，她起初還很不爽小薰咒她投資，結果隔天開盤就跌停，爾後的連續三天都跌停，讓她瞠目結舌！

她追問過小薰為什麼知道，她說只是直覺，聽見她在講那支股票的代號時，就浮現出跌停的圖。

避險啊，直覺強不全是壞事嘛！

蔣逸文焦急地拉著羅詠捷離開，反正不管怎麼樣，信小薰就對了！她絕對可以用直覺挑選對自己有利的結果！

「啊！」滑進電梯裡的連薰予根本站不穩，立刻就往前仆倒。

來人趕緊扶住她，自正面攔腰後，穩住她的重心。

連薰予在這瞬間顫了一下身子，倏地抬頭看向扶穩她的人，蘇皓靖正看著她，但臉色並不是很好看。

「妳忘了帶東西嗎？這麼急？」他輕鬆地摟住她的腰，就往身邊拉。

「我……」她看著他，無視於被摟或是這近似性騷擾的舉動，而是瞪圓著眼僵硬身子。

望著蘇皓靖的眼睛，他的眼神也正在傳遞訊息，那是一個肯定，然後眼珠輕往旁邊瞟。

連薰予忍不住攀著他的手臂，不必回頭她就可以感覺到，右方角落站著那個紅色風衣女孩，令人毛骨悚然的女孩。

蘇皓靖站在左邊按鈕處，緊扣著連薰予，電梯裡就只有他們三個人，電梯上升的速度很慢，而且有些搖晃。

「小姐到幾樓。」蘇皓靖竟開口問了，連薰予真想毒啞他。

「……八樓。」虛弱的聲音響起，帶著點哽咽。

「小姐，這座電梯直達十八樓喔！」蘇皓靖一邊說，一邊按下開門鈕，「妳要坐中間那臺才有到八樓。」

沒有腳步聲，感覺不到移動，那個女孩依然站在原地，扎人的存在著讓人無法忽略。

而且，門沒有開。

電梯就在一樓，蘇皓靖正按著開門鈕，但是門就是不開，連薰予瞄著鏡子裡那低著頭的女孩，她有頭及腰的長髮，低垂著，拜託她不要突然抬起頭來。

「八樓，謝謝。」女人的頭往右邊歪去，速度非常緩慢，像格狀移動般，反而讓人不舒服。

連薰予主動伸手，為女孩按了八樓。

八樓的燈自然沒亮，蘇皓靖皺著眉按下二十四樓。

「你們是情人嗎？」

冷不防的，女孩開口了，其實連薰予沒有想跟她聊天的意思。

「不……」連薰予才想開口，腰間的力道卻一收。

「怎麼了嗎？」蘇皓靖用愉快的語調反問著。

喀，腳步移動，連薰予整個人屏住呼吸，僵硬著挺直背脊，感受著右手邊那女孩的上前。只是有別於剛剛在大樓大廳狂奔進來的靈巧，她的移動顯得很吃力，喀嗟喀嗟，歪歪斜斜的，連薰予無法忽視那怪異的走路方式，活像她全身骨頭都錯位似的。

閉上雙眼，她不敢看太久。

「你們認識八樓的人嗎？」女孩站到了與他們平行的位置，頭從右邊再慢速轉到左邊時，也是一格一格像機器人般往左偏過來……然後喀嚓一聲，頸子像斷掉一樣，整顆頭顱懸掛在左肩上頭。

蘇皓靖瞄向頭頂，再移正眼神，暗自嘆了口氣，馬的。

「男人都不是好東西……」女孩哽咽著，「劈腿，他一定會劈腿。」

叮，感受到電梯停下，連薰予跟蘇皓靖雙雙不可思議的瞪大眼睛，往上頭的數字瞥過去……靠，八樓！

電梯居然真的在八樓停下來了。

停下就算了，此時此刻電梯門還真的開啟，女孩披散著長髮走了出去。

黑暗的八樓，竟無一盞燈，光看著外面的樓層，連薰予就渾身不對勁，蘇皓靖摟著她貼著側牆，輕輕的往後滑。

他們看不見離開的女孩，因為電梯裡從來就只有他們兩個人，一切景象都是從鏡子倒映中看見的！

但是他們可以聽見足音，吃力的離開電梯，噠、噠、噠……

蘇皓靖直接側首，往電梯鏡底看，看著步出的女孩，依然用扭曲不正常的姿態走著；連薰予沒敢回頭，她只是凝視著黑暗的外頭，全身開始發抖。

「她會回來。」她收緊拳頭，朝向蘇皓靖說話的時候，他同時附耳在旁。

異口同聲，兩個互看的人帶著點不可置信。

所以，快點關門！

兩個人不假思索的同步行動，他們同時趨前，伸長了食指，按下關門鈕。

快關！快點關起來，連薰予揪著一顆心，雖然她這幾天都害怕著這座電梯，但她現在才發現一件更可怕的事——

那就是當電梯門開啟時，妳無法預料門外有什麼東西會衝進來！

『嘎啊啊啊——』

就在電梯門關起來的時候，外面傳來了悲淒的叫聲與敲門聲！

『為什麼要甩掉我！為什麼要這樣對我——為什麼！』

電梯往上升了，連薰予整個身子都往蘇皓靖身上靠去，天哪，剛剛那是誰！

叮。

「咦……」Melody 錯愕地站在電梯前，旁邊還有七八個人，「連薰予？」

「蘇皓靖？」正要下班的同事也呆愣地望著電梯裡的人。

蘇皓靖貼著底部的鏡子，尷尬地看著電梯外的眾人，懷間是摟著他卻連站都站不直的連薰予，而她的雙手的確抱得妥貼。

「她不舒服。」蘇皓靖隨口掰了藉口，反正他也不在乎大家怎麼看，「小薰，到了。」

連薰予鎖著的雙手不願鬆開也鬆不開，蘇皓靖只得帶著她往電梯外走，所有人都以詭異的眼神瞅著這一幕，不同公司的這兩人什麼時候發展出這種關係的？不對啊，蘇皓靖不是早就有女朋友了嗎？

「小薰沒事吧？」Melody 皺著眉，有些不安。

「Melody！走了！」陳政達憂心喊著。

「她沒事，妳再不下去等等就要一個人落單囉。」蘇皓靖使出殺手鐧，他知道 Melody 上星期才經歷過沈伯屍體的事件。

Melody 果然臉色刷白，焦急地轉身請大家等她，連忙奔進電梯裡，看得出她被嚇得不輕，今天手上脖子上都多了紅線跟佛珠。

手掌心正緊緊捏著護身符，一臉惶惶不安。

蘇皓靖看著電梯門關上，將連薰予挪到櫃檯邊去，她死活不肯鬆手，他倒也輕鬆地圈著她離地，直到她的座位邊。

「可以鬆手了嗎？」蘇皓靖因為要放她坐下，人也跟著彎下，「喜歡我可以告白啊，妳這麼主動我有點消受不起呢！」

電光石火間，連薰予瞬間鬆手向後退，睜著一雙你在說鬼話的眼睛瞪向他。

「告什麼白？」她整個背後仰到靠上椅背，「我才沒有要跟你告白！」

「謝謝妳喔！這麼實在……」蘇皓靖終於可以直起身子，扭扭頸子轉轉腰，「那妳抱這麼緊幹嘛？我很難行動好嗎！」

連薰予咬著唇說不上話，她找不到藉口……難道要說抱著他覺得比較心安嗎？

是啊，不只是心安，而是一種實在的力量，她不知道蘇皓靖有沒有一樣的感覺……他們在接觸時，會有一種東西在身體裡流動。

一種熱暖的氣息……或是溫暖的血液？她無法形容那種感覺，硬要形容，可能像武俠小說裡的運氣、內力什麼的。

不管是哪個，都會讓她不再那麼心慌，而且直覺更加敏銳。

「嘿，妳還認得我是誰嗎？」彈指在眼前，連薰予呆望著他的手。「小薰？」

連薰予突然握住了他的手，就是這個！

她感受著在他們手掌間交流的熱度——她聽見奔跑聲了，連薰予立刻看向電梯的方向，彷彿穿著紅色風衣的女人哭著奔入電梯裡，她一雙眼哭得紅腫，咬著唇在角落掩面低泣。

然後她又衝了出去，應該就是八樓吧，接著她感受到風……一個高處，可以看見夜景的地方，看見對面的地標招牌，然後是急速墜地——砰！

喝！連薰予顫了身子，驚恐的鬆開雙手，冷汗浸濕襯衫。

「跳樓……她是跳樓身故的……」她喃喃說著，即刻扳著桌沿，滑動椅子移到電腦前，焦急開機。

蘇皓靖不動聲色地轉身，就要回公司裡去。

「蘇皓靖！」連薰予轉右喚住了他，「你要去哪裡？」

「加班啊！我本來就是回來加班的記得嗎……算了，妳可能沒注意。」他聳了聳肩，「舒服點就可以回去囉，我先進去了，掰。」

「你也看見了，對吧？」等待開機，連薰予直起身站起來朝他走去，「至少在電梯裡時你是看見的。」

蘇皓靖劃上一抹無奈，「是啊，有點衰。」

「還有剛剛……」連薰予推敲著方位，「她是開窗……哪扇……」

蘇皓靖食指指向電梯邊的廁所，「那邊。」

啊啊，對，那像是住戶樓層，不會有公廁，那位置就是空著的，有對外的通風窗戶……女人是打開窗戶從那兒跳下去的。

「你之前就看得見嗎？」她好奇地追問。

「沒沒，我可不是什麼靈異體質或是陰陽眼，電梯裡那是意外，剛剛的也是……」他頓了幾秒，「頂多就是——」

「直覺比較強而已……」連薰予逕自為他接口，「你也能感受得到不對勁，或是對周遭敏感……」

蘇皓靖笑容微斂，雙手插在褲袋，「不知道，我要進去了。」

「少來，你剛明明也感受到了！」連薰予大步逼近他，二話不說執起他的手——嗶！

又是一陣清明感，連看著這層樓的視線都不同了，電梯周邊是不安的暗色，空氣中有顏色在流動，像磁場又像霧……她吃驚地看著眼前流動的空氣，如果空氣有色彩，就是這個感覺嗎？

「夠了！」蘇皓靖猛然抽手，顯得有些緊張。

「你也看到了對吧！太奇妙了，我覺得感覺更強烈了……對，不只是電梯出過的意外，這棟樓出過的事，電梯曾搭載的傷痛都可能會殘留。」連薰予一臉喜出望外的樣子，「你一直都知道吧，怎麼沒聽你提過！」

蘇皓靖皺起眉，面有難色地看著她，別過頭重重嘆了口氣。

「唉，因為我不想說啊！」他萬分無奈，「我不喜歡管閒事，這些都跟我無關，我現在只想去把我的工作完成後下班回家，再見。」

「蘇皓靖！你怎麼這樣！我們或許可以找到關鍵啊！」連薰予連忙又要拉住他，但蘇皓靖這次閃得很快，幾乎不讓她觸碰。「蘇皓靖？」

「我說過了，我不喜歡管這些事，我直覺強又不是我自願的，」他滿不在乎地轉身，「我奉勸妳也少管閒事，顧好自己就好啦！」

他旋身離去，嗶卡進入了自己的公司，空留連薰予一個人站在外頭。

那是什麼態度啊！如果他直覺也強大的話，早知道很多事的，卻都一直是那副吊兒郎噹的態度？

現在她發現了他們如果有接觸，感受到的更深刻，這表示有機會能知道電梯裡出過什麼事、沈伯為什麼會死，剛剛那個女孩為什麼如此歇斯底里，這些都是可以讓大家生活安寧的線索啊！

他居然說不關他的事，有沒有這麼自私啊混帳！

哼，算了！連薰予趕緊回到座位上，電腦已開機完畢，她搜尋跳樓自殺的新聞……隨著滑鼠滾動，她看見了大概四年前的案件，八樓有女孩子著紅衣跳樓自殺，因為男友劈腿分手，就在男友家門口的窗戶躍下。

照片裡的女孩很清秀，電梯裡那個根本看不清臉蛋就算了，還頭破血流骨頭盡折，但她就是知道是她。

女孩曾在電梯裡哭得心碎，所以不一定是在電梯裡出事才算數，經過也會殘留情緒，沒想到那小小的立方體，竟承載了這麼多的執念。

她跟蘇皓靖應該都沒犯忌吧，但還是遇上那個女孩了……剛剛接觸時可以看見三臺電梯都被濃厚的黑色氣體籠罩，而電梯門縫裡卻流出血紅色的氣絲。

連薰予看向自己的手，她不知道為什麼遇上蘇皓靖會變得這麼清楚，感應變得極其敏銳，但至少可以藉由這點，找到源頭吧？

那個只顧享樂的傢伙，他上星期也有同事出事啊，怎麼一點都不在意的樣子。

連薰予鐵了心耗下去，她真的沒有離開，在位子上等待蘇皓靖下班。

期間羅詠捷憂心地詢問她的狀況，她也告知了一切安然無恙。

「妳真的很拗耶！」九點，蘇皓靖受不了地走了出來。

連薰予即刻站起。「要下班了嗎？」

「我早可以下班了，妳煩不煩！」蘇皓靖倒是很不耐煩，「可以分開下去嗎？我不想離妳太近。」

「我想知道電梯哪裡有問題。」她執拗地說。

「全部都有問題！」蘇皓靖翻了個白眼，「假裝不知道很困難嗎？」

「沈伯死了，我公司的副總喪失理智，Mia 不也是嗎？你難道希望更多人受害？」連薰予蹙起眉，「明天開始說不定有更多人受害，還會有更多人死亡……」

「我說過與我無關啦！」蘇皓靖驀地低吼，「我討厭不愉快的事情，討厭介入瑣事！」

「那我介入可以吧！」連薰予朝他伸直了手，「我就跟你借手而已。」

蘇皓靖不悅地皺眉看著她攤平的掌心，笑容不知何時已經消失。

這根本就是說假的，一旦觸碰到她，他也感受得到莫大的壓力與更加強大的直覺，這就是他不願意接受的啊。

他不懂隔壁櫃檯的連薰予為什麼會跟他一樣，更不瞭解接觸時何以會有詭異的變化，但是「直覺」告訴他，這絕對不是好事。

「我不懂妳幹嘛這麼認真？生活不是應該愉快無負擔嗎？」他擰眉，那是連薰予沒見過的蘇皓靖。

他總是笑著，一派輕浮或是迷人笑顏，幾乎沒有負面的情緒出現過。

「把事情解決了生活才會愉快無負擔。」她手伸得更直了，「我不相信你每天面對這三臺電梯，還能泰然？」

蘇皓靖自負地勾起笑容，「我可以啊。」

爛人。

連薰予在心裡咕噥著，但很遺憾她現在需要他的幫忙，不能表現太多不滿。

「就借我一下嘛！」她裝起可愛來了。

唉，蘇皓靖著實不情願，旋過腳跟逕自往電梯那兒去，按下了往下的按鈕。

連薰予趕緊跟上前，反正只要進入同一臺電梯，還怕接觸不到嗎？

蘇皓靖知道逃不過，所以也沒必要太早試驗，進了電梯再說吧……雖然這絕對不是個好主意……仔細回想，發現沈伯屍體那天，整天都很不對勁，他步步為營，結果卻敗在一個手電筒上。

那時連薰予的確是握著他的手，拉過手電筒查看，那瞬間他就感受到不對勁了，滿鏡子裡映出不存在於真實世界裡的人，每個人低垂著頭，眼神卻白亮的瞪著他們，爾後電梯驟停，紅光亮起，他聽見的不只是尖叫聲，還有電梯裡被血淹滿的幻覺。

他幾乎喘不過氣，只能力持鎮靜，因為那時整座電梯裡的女孩都在尖叫，他不能跟著慌；叫 Melody 按下求救鈕時，他看見血液從按鈕邊的隙縫流出，他覺得 Melody 身上有著疊影，他彷彿看見了沈伯在做一樣的動作。

然後「沈伯」看著他，緩慢的再度按下求救鈕，他才跟著照做的。

結果，請求救援，卻傳來沈伯的聲音，告訴他們：我也是。

那時從頭到尾，連薰予都是抓著他的。

叮，電梯上升，這次是右邊的電梯，蘇皓靖向左手邊看向連薰予，她其實很緊張，收著下巴僵硬著身子。

蘇皓靖跨入，連薰予跟著走進，他們穩當的按下了1，看著電梯門關上。

噠噠……電梯門關上的前幾秒，一雙腳從電梯門前奔過。

「喏。」蘇皓靖無奈的掌心向上。

連薰予嚥了口口水，拚命地深呼吸，然後緩緩地握住了他的手。

電梯的燈微弱閃爍，似是降低了一個亮度，整座電梯色調變暗，但跟剛剛不一樣，沒有看見什麼空氣流動。

連薰予大膽地環顧四周，她只要不要觸犯禁忌就好了，別去盯著鏡子太久，不要去探查不該看的……啪啪，燈光變得更暗了，她下意識地抬首。

蘇皓靖倏地緊握住她的手，她有感受到嗎？有什麼在電梯上面跳躍，咚、咚、咚——

『嘻嘻……等等我！』

『請等一下——』

連薰予立即慌張的看向蘇皓靖，他只是以眼尾瞥著她，意思是冷靜。

冷靜什麼啊，他沒聽見嗎？好像有人在外面說話啊！

『哇啊！不要！你放手！救命——』

喀啦喀啦……咚乒……咚……金屬聲、引擎雜音都在響著，在四面八方每個角落，甚至在電梯井裡！

連薰予緊張地掐緊蘇皓靖的手，她以前從未聽過這麼多的聲音，這些都一直在電梯運轉中嗎？

而且，為什麼燈光幾乎要全暗了！連石英數字都快要看不清……終於電梯暗去，但他們可以感受得到還在下降中。

電梯以正常穩當的速度朝一樓去，備用電源亮起，一片令人不安的紅燈照亮了整座電梯。

紅色的燈泡，光線如此昏暗，卻造成龐大的壓力，連薰予看向那尖橢圓的燈泡，此時此刻在她眼裡，中心卻亮如白炙。

電梯煞車減速，連薰予不舒服地緊閉上雙眼，聽見門朝兩旁開啟的聲響。

左手一鬆，她差點因暈眩而站不穩當，倉皇睜眼，蘇皓靖已邁開步伐往外而去，她發愣著看著通亮的電梯與如故的一樓外廳，也趕緊步了出去。

「走了。」蘇皓靖回眸看她，輕輕頷首，冷漠得叫她不認得，緊接著便加快腳步離去。

連薰予走出電梯外，連聲再見都沒說，看著他的背影走出了大樓。

對啊，姊姊不是問過嗎？為什麼燈泡會是紅色的？她想知道，但是沒想過關鍵竟然是燈泡！

難道，燈泡是起源嗎？

呼……她做了數個深呼吸，平復心情，擦掉掌心裡的手汗，筆直走到警衛那邊去。

「晚安。」她禮貌地笑著，「我想請問一下，我們合作的電梯維修廠商是哪家？」

第六章

「信安電機」——得知維修廠商隔日連薰予立即請假，直接前往電梯維修公司，她想知道上個月的維修員是哪位，在維修時是否發生了什麼事。

重點在那個紅色燈泡，究竟是誰安裝的。

安靜地坐在外頭的等待沙發上，表明來意後，他們公司的櫃檯便請她稍等。

「喂，詠捷，我沒事啦！」果然才九點半。羅詠捷就打來了，「對，我有些事要處理。」

『妳昨天晚上也沒事嗎？』羅詠捷的聲音壓得很低，可能是偷偷在廁所講電話。

「我很好，你們呢？別忘了搭電梯時要小心喔！」連薰予再三交代。

『有啦，小蔣也有提醒……欸，妳知道嗎？副總請長假耶！』

咦？連薰予緊張地捏緊手機，「沒有好轉嗎？」

『我剛聽見總經理他們在說，副總誰也不認得，情緒崩潰瘋狂，不得不上束帶之類的……』羅詠捷只是沒說出簡短的關鍵字：瘋了。

一個精明幹練的女人，妥當地準備完會議資料，即將要與重要客戶開會的這天早上，不過是從地下停車場到公司這二十七樓的距離，就可以讓她神智崩毀。

「我知道了。」她冷靜地回應著，一邊深呼吸。

『啊，還有，剛剛隔壁帥哥來找妳耶！』羅詠捷這語氣完全是八卦調性。

足音傳來，連薰予抬起頭看著左手邊，「我要處理事情了，先這樣掰。」

她即刻掛上電話，轉成無聲，坐直身子靜待步出的人……一個心寬體胖的男人，西裝釦扣不起來的肚子，小圓眼鏡，笑得有些老實也有點緊張。

「呃……」男子見著她，反而有點尷尬，「您好。」

連薰予站起，「您好，敝姓連。」

「連小姐……您好。」男人笑笑，遞出名片，「我是 Sam，我聽說您在找維修聖冠大樓電梯的人嗎？」

「是的。」連薰予肯定地點頭，「想必從新聞您也知道了關於大樓的一些意外事故……」

「啊，是啊，真是不幸！是警衛出了事吧！」Sam 笑得很勉強，「那連小姐來找我們是……」

「我想找上個月維修電梯的人員，有些問題想請教。」

「噢噢，警方已經來過了，警衛的事故真的很遺憾，但是我們維修人員都有做到安全防護，一般人無法輕易讓人進入電梯井……」Sam 立刻擺出官腔，「責任釐清部分我們已經做足了，如果您還有別的疑問——」

「我不是來跟您們討論責任的，純粹想問問題。」連薰予打斷了他的推託，「我想請問緊急備用電源的燈是誰換的。」

Sam 一愣，不明所以，「燈？」

「是，電梯停電時備用電源會啟動，但我們中間那臺電梯裡的燈，被換成神桌上那種微弱五燭光的燈泡。」她邊說，眼前彷彿又回到了那天的電梯裡，「那個燈給人的壓力與恐懼感實在太大，若是心臟不好或是有恐慌症的人，只怕捱不過。」

「不、不可能！我們不會去置換那個燈！」Sam 轉身走向櫃檯，「妳查一下上個月去聖冠維修的紀錄。」

「好。」櫃檯領令，立刻翻找資料。

「我就在那個電梯裡，緊急停止後，亮起的燈根本昏暗到不行，還是紅色的。」連薰予眼尾瞄著櫃檯的動作，「您不需要確定他們有沒有裝，有的話沒寫也是枉然，我只想知道是誰。」

「呃……」Sam 挑了濃眉，逕自向櫃檯問，「查到了嗎？」

不對勁。

連薰予看著 Sam 的臉色有異，櫃檯小姐也不時與他交換眼神，多有困惑的表情出現，然後連查詢的速度都慢了很多。

「那個維修人員出事了嗎？」她語出驚人，對著Sam。

Sam驚愕的回頭，慌張的眼神已經告訴她答案。

「妳怎麼……不是，我們不是……」

「還活著嗎？」連薰予立即轉向坐在櫃檯裡的女人，「受傷？還是有聯絡方式？」

「我……」女人慌張地看向Sam，她不知道該怎麼回答。

「妳為什麼會知道？」Sam不可思議地看著連薰予，「妳認識他嗎？」

「我沒時間跟你閒聊，還活著的話容我去探病，我有很重要的事情要問他。」連薰予認真地催促著，到底是在拖拉什麼？

「不行不行，我們不會讓妳跟他講話，警衛的事就是場意外，你們不要想方設法把錯失推到我們身上！」Sam突然爆氣地喊著，「沒有工具的話，根本進不去電梯井的！」

「既然如此你怕什麼？」連薰予分貝也高昂起來。

Sam怒目看著她，「妳不懂，你們根本為了找人索賠無所不用其極，我們沒做錯的事情就不可能認！」

「那就不要認，我只想知道燈的事。」連薰予壓抑著怒氣，「我只是其中一間公司的櫃檯，我不代表大樓、也不代表警衛家屬好嗎？」

Sam微怔，只是其中一棟大樓的一間公司？那為什麼要跑來問燈泡的事？

「我們再找人去換就好了，不必這麼大費周章吧？」Sam 依然執意不讓她見維修人員，「我立即聯絡，立刻讓人去換，小美！」

Sam 轉頭朝櫃檯彈指。

「不行！去了一定會出事！」連薰予連忙伸手進櫃檯，將那小姐手上握著的電話壓下，「那個燈碰不得。」

咦？Sam 錯愕，不明白連薰予為什麼說這種話。

「出事？」

連薰予無奈地看著他們，「電梯有問題，所以才會出事，我想你們的維修人員應該也遭殃了！我想去問他，換燈泡的原因，還有那天是不是遇到了什、麼。」

她一口氣全說了，簡單地影射著，但是從 Sam 與櫃檯小姐刷白的臉色看得出來，他們是隱約知道這件事的！

「我的天哪……」櫃檯小姐絞著雙手發抖，「所以、所以他才會……」

「閉嘴！」Sam 輕聲阻止，但他冒汗的頭已經道盡一切。

「Sam。」連薰予加重語氣，「我不希望上班上得膽顫心驚，我們的電梯不乾淨，遲早會再出人命的。」

Sam 嚥了口口水，顯得痛苦掙扎，回頭跟櫃檯小姐低語，小姐即刻抄寫了一張紙，伸手遞上。

「他留職停薪了，情況不太好，他老婆小孩都先搬回娘家去，說他變了一個人似的。」Sam將紙張遞給他，「同事去看過，都說他像……中邪。」

中邪。

連薰予啞然地看著Sam，想起瘋狂的副總，是啊，她怎麼沒有想到這麼直接的詞呢？

「我明白了。」她伸手要接過紙張，誰知對方掐得死緊，讓連薰予狐疑的再揚睫。

「妳一定要小心，他們三五個大男人都嚇得逃出來了！」Sam上前一步，「他好像會攻擊人。」

「好，放心，我應該還能自保。」連薰予終於從男子的手抽過紙條。

攻擊人嗎？她提高警覺便是，連薰予看著紙條上寫的資料，姓名電話地址一應俱全，就住在附近不遠的地方而已。

朝著電梯維修公司的人們頷首，她轉身離開。

她終於明白為什麼他們這麼謹慎的不想讓維修人員曝光，因為早已經出事了！諸多的藉口除了針對避責外，還有這位……洪先生的狀況。

以GOOGLE MAP查詢地址，她發現只要十分鐘便能抵達，步行前往即可；才離開沒多久，手機又響，還是羅詠捷。

「喂！妳今天很閒喔，一直打。」她沒好氣地說著。

『欸，隔壁帥哥要妳電話耶，可以給嗎？』羅詠捷劈頭就提蘇皓靖。

連薰予不由得止步，「他要我電話幹嘛？」

『我也覺得奇怪，今天到公司來，大家都傳你們在一起了，幹嘛還要電話對吧？』電話那頭說得煞有其事，『你們什麼時候在一起的啊？』

「我們沒有在一起！」連薰予分貝拉高了點，「傳什麼啊！」

『你們在電梯裡緊緊擁抱啊，Melody也說了，大家都圍觀了，妳還捨不得鬆手呢！』羅詠捷音調裡盡是怨懟，『欸，他很帥耶，也不跟我說一下！』

「捨不得……誰捨——」連薰予緊緊握拳，「算了！妳別聽他們胡說八道，昨天那是意外，我是、我是頭暈！他扶著我好嗎？」

『嗯哼。』看來沒什麼說服力。

「他一直去找妳嗎？怎麼好像沒幾分鐘就跑過去一樣？」今天櫃檯應該是小桃代班吧？對她很不好意思，她會送份大禮的。

『直接打進來啊，他跟小桃要我的分機哩……你們什麼時候這麼要好啊，他要得好急喔！』羅詠捷還在嘟囔。

「誰跟他……」連薰予一頓，「要得很急？」

他也是直覺強系的，是不是感受到什麼了？連薰予握緊手機，立刻讓羅詠捷把手機給蘇皓靖。

反正給他電話也不會怎麼樣，他不可能糾纏她啊。

連薰予放慢腳步，期待電話響起，不過走到洪先生家樓下時，她的手機依然沒有人來電。

好吧！她嘆口氣，站在巷口極為不安的往裡看，好像不用地址她都能知道是哪一間了。多令人不舒服的氛圍，她總覺得走進這條巷子就是個錯誤。

她其實看不到什麼，純粹是感覺氣氛，她筆直走過一間又一間公寓，然後停下腳步，往後退了一步。

瞧，左手間這一個門口，就讓她渾身發毛，直覺叫她不要進去。

「六號。」她看著門牌，把手中捏爛的紙條打開，上面寫著六號四樓。

才要踏入，手機鈴聲驟然響起，正處於緊繃氣氛的她，反而嚇了一大跳，「哇……靠！」趕緊從口袋拿出手機，還沒上樓她已經汗流浹背了。

『妳在哪裡？』

「喂，我們很熟嗎？」這什麼態度。

『妳今天請假就錯了，妳不該請假的！』這聲音像撒嬌似的，『我很寂寞耶！』

「再見。」連薰予就要掛掉電話。

『喂！說真的，我覺得妳去一個很不得了的地方，不妥。』蘇皓靖語氣瞬間改變，『要不要回來上班？』

「我找到維修電梯的人了，昨天說好只是借你的手一探究竟，其他的事我自己來。」連薰予邊說邊皺眉，「我想要安心的過日子。」

『我都很安心啊。』

哼，連薰予直接掛斷電話，道不同不相為謀，蘇皓靖一直都是只想自己的人。

某方面來說比她泰然，明知道電梯裡、大樓裡有什麼，卻還可以處變不驚，她做不到！

每天從容地搭乘電梯上下班或去吃飯，她也做不到，更不可能將沈伯的死亡視之無物。

她也是自私，希望可以安心地過日子，所以她願意試著找到恢復安寧的關鍵。

好吧，上樓。

連薰予緊繃著身子進入根本沒有大門的公寓裡，四樓是頂樓，這是舊式公寓，樓梯間昏暗髒亂，而扶把根本不見了。

要是平常，這絕對是她避之唯恐不及的地方，全身上下的細胞都在對她喊：離開！

踏上四樓，她就聞到一股臭味，不是腐敗的味道，而是類似垃圾臭掉的氣味，還有一股尿騷味。

「洪先生？洪先生？」連薰予禮貌地按著電鈴。

洪先生住的地方沒有鐵門，只有一扇緊閉的木門，她沒有聽到任何回音，望著那門把，她有種可以試試看的想法……轉開，門沒鎖。

門一推開，刺鼻的臭味立即撲面而來，陽台上散亂的垃圾，吃完的便當、麵袋子等等，都已經發酸發臭。

屋子裡沒亮燈，雖然是白天，但也顯得昏暗。

連薰予緊皺著眉，把頸子裡的平安符也抄出來了，昨天姊硬叫她戴上的，給了一堆，出門前還臨檢，一樣都不能缺。

這種非常時刻，她什麼都信，什麼都會戴上的。

「洪先生？」她強忍著不舒服的臭味，站在玄關往裡喊。

整個客廳像經歷槍戰過似的雜亂，一樣是垃圾廚餘遍布，最噁心的她還看到糞便，到底是怎麼樣啊？

進去？不進去？要閃過地上的地雷就是一種考驗了。

放眼望去沒有看見人，只有沙發茶几跟電視，沙發後的白牆上有著紊亂的塗鴉，她原本不在意，但卻不自覺的望過去。

轉開手電筒，照向白牆，上面是極為幼稚的筆觸，畫的……洋娃娃嗎？還有一個箱子？圖案是無章法的延伸，再過去一點是皮包、刀子、血……還有一隻腳？

電梯發生過的事情？連薰予感受到某種聯結，她緊握雙拳，開始說服自己。

「沒關係，就一下下。」自言自語鼓勵著，她跨了進去。

她想知道圖案延伸到裡面是什麼，因為牆往左邊彎過，她瞧不見那上面的圖案。

一邊注意地板，一邊看著牆上的圖案，走得近看得更清楚，有洋娃娃，有蝴蝶結、有鞋子、有小女孩，刀子、皮包跟血是搶劫事件吧？然後彎過去……連薰予先照亮了旁邊，有張神桌在那兒，昏暗得瞧不見什麼。

她大膽的往左邊轉過去，牆上延伸著圖，是個紅色洋裝的女生，裂開的頭頂……昨晚遇到的失戀女人。

再過去是斷腳被夾死的男人，還有……連薰予差點就要不能呼吸了，是趴在地上的警衛！

沈伯！沈伯——

「哇啊啊啊啊啊——」右手邊突然衝出一個人撲向連薰予，伴隨著大吼，嚇得她跟著失聲尖叫！

但由於直覺敏銳，雖然她在沈伯圖案的震驚中，卻還是第一時間向後退了一大步，準確的讓上頭撲下來的人撲了空！

「呀！」連薰予驚恐踉蹌後退，抓著一旁的椅子穩住重心。

倉皇的往洪先生剛剛衝出來的地方看，那是神桌啊……天哪，他坐在裡面佯裝神明嗎？來人仆倒在地上，很快地就站了起來，感覺略顯有氣無力，但轉過來的時候，卻足以讓連薰予全身打顫。

那是個人，無庸置疑，但是他的磁場，卻讓連薰予覺得像別的世界的東西。

眼神、神態，跟那姿勢……都不像人。

「洪先生？」連薰予還是鼓起勇氣，「您好。」

洪先生歪著頭，渾身上下臭得要命，一隻眼睛向左翻白眼，一隻向右翻，整個人抽搐著。

「洪先生，我想請問，你上個月維修聖冠大樓電梯時，為什麼換了紅色的燈泡？」

連薰予不想浪費時間，開門見山。

餘音未落，那歪著頭的洪先生突然像被電到一樣正首，用正常的眼睛看向她。

只是看著她，卻讓連薰予覺得壓力更大，她嚥了口口水，拖著椅子往後退，她得找個護身的東西吧。

「妳看到了？」字正腔圓，洪先生竟開口了。

「為什麼換上那個燈泡？刻意換成紅色的……」她後退著，同時移動步伐往門口去。

「妳看到他了嗎？」洪先生瞪大一雙眼，蹣跚地逼近她。

連薰予怔然蹙眉，「他？」

「妳看見他了對不對啊啊啊啊——」洪先生下一秒又陷入瘋狂，「他要我換的，他叫我換！都是他！」

「誰，是……」連薰予緊張的問著，「你退後，你不要再靠近了！」

下一秒，洪先生戛然止步，整顆頭往地上點，瞬間停止像斷電似的，雙肩雙手都頹然隨意掛著，低垂著頭似雕像。

聽得懂嗎？還是……連薰予憂心地看著他的位置，他現在完全擋住她的去向了，她如果想往右朝大門衝，勢必得經過他啊！

「男人都不是好東西！」

驀地，洪先生用哽咽的話語說出了過分熟悉的話語。

連薰予完全愣住，看著洪先生抬起手掩面痛哭，聲音聲調似女孩子一樣的嬌媚。

「為什麼要這樣對我？他怎麼可以劈腿！」他繼續說著，連薰予腦袋一片空白。「是不是妳——」

下一秒，他倏地抬起頭，猙獰的瞪著她。

「把錢拿出來！」右手往後，他倏地抽出了一把刀子，「叫妳把錢交出來！」

「我沒有錢！」連薰予知道了，洪先生在重演電梯裡發生的事故，她不得不往屋子深處去，因為洪先生繞著餐桌殺過來了。

這就是他公司主管要她留意的原因吧，因為他會攻擊人，他成為那割喉的搶劫犯！

「叫妳站住！」咆哮的衝過來，連薰予繞著桌子一圈。

「你看見什麼了！為什麼換燈泡，誰叫你換的！」連薰予不死心的再喊，希望可以看到所有的事件。

「我沒看見什麼我——」洪先生高舉著刀子的手陡然一僵，眼睛瞠目，眼白滿佈血絲的看著她……不，是看著更高的地方。「不是……妳認錯了！不是我！」

刀子從他手裡鬆開，落地鏗鏘，讓連薰予跟著顫了身子。

她已經繞著圓桌到了與玄關一直線的地方，雖背對著大門方向，但至少要衝出去也比剛剛容易多了。

但是她知道，她就是知道循環還沒完，洪先生的眼神帶著恐懼，他陷在過去所有的事件中——也會包括他自己的對吧？

突然間，洪先生踮起了腳，他很認真地踮著，手伸得好長，像是要搆什麼似的，伸長的手撈呀撈的，撈到一半，他突然又定住了。

不好！連薰予立刻後退，雙眼緊瞪著洪先生不敢眨眼。

「是他要我這麼做的……」他又恢復清楚說話的口調，嗚咽地看著她，「他逼我的！」

「是誰？」連薰予緊握著胸前的平安符，不安的再後退一步。

「我不是故意的！叫他走！叫他走啊——」洪先生立刻又歇斯底里地抱頭大喊，整個人蹲下身子，「認錯人了！為什麼要這樣對我！我沒想過會這樣的，閉嘴閉嘴閉嘴！」

聽不懂！連薰予回頭看著路，趕緊往門邊退，卻又不敢不看向洪先生。

就在一秒的閃神中，蹲著的洪先生突然抄起剛掉落的水果刀，又跳了起來，直接衝向她，「把錢給我！」

連薰予倒抽一口氣，扭頭就往門口衝，跳躍式地閃過地上的雜物，卻絆到玄關的小門檻，鞋跟卡住，因此拖延了幾秒。

他來了！連薰予不必回頭都能感覺得出來，所以她不能停，她只能衝！

只要衝出去——

一隻大手迅速地抓過她的手往外拉，順勢關上那扇半掩的木門，同時把她往樓下推，連薰予只聽見洪先生撞上門板的聲音，緊接著又傳來連續的敲擊聲，踉蹌下樓的她倉皇回身，看見的是高大的身影。

「閃人了！」關上門的蘇皓靖大步跳下，一把拉過她再往樓下奔。

牽手的瞬間，她狠狠倒抽一口氣，腦海裡掠過洪先生站在電梯上方維修的模樣，他伸長了手，探向旁邊——

「不要再看了！」

蘇皓靖的聲音打斷她的專注，直接把她往樓下拽。

他們不只衝出了公寓，還一路衝出了那條巷子，連薰予根本腳不點地，幾乎都是蘇皓靖半拖著離開的。

「呼……」一到大馬路邊，他即刻鬆開手，「真是累死我了，為什麼一早就要做激烈運動。」

連薰予上氣不接下氣地彎著腰，雙手抵著自己的雙腿，她的鞋子開口了，腳板也被裂開的鞋面割傷，是說怎麼可以這麼粗魯，她要是再跑慢一點，說不定赤腳也被他拖著跑！

她抬起頸子瞪著他，「你、你是不能溫柔一點嗎？」

「逃命還溫柔喔？」他皺眉打量著，「等妳被割喉再來跟我說。」

「呸呸呸，誰會被割喉啊！」連薰予直起了身子，「我逃得過好嗎？」

「逃不過。」蘇皓靖挑了眉，左手舉起，直指左耳後，「刀子會從妳左耳下刺穿，妳連打電話報警都來不及就掛了。」

「喂，還說，你說得跟真的……」連薰予原本正盛怒，卻突然梗住話語。「你……為什麼？難道你一早找我就是為了這個？」

蘇皓靖漫不經心的搓搓後頸子，「都怪妳害我昨晚做惡夢，好了，我要回去上班了。」

轉身，他真的就當沒這回事的要走。

「等等，蘇皓靖！蘇皓靖！」連薰予很想追上去，但是她的涼鞋鞋帶斷了，根本無法走路，掰咖啊。

蘇皓靖勉為其難地回首，看著她右腳涼鞋慘狀，一副不良於行的模樣，他蹙起眉，猶豫是不是要上前幫忙。

「妳很麻煩，妳知道嗎？」

「這誰害的啊！」她不爽的雙手扠腰，「這不是你搞的？」

「喂，我是在救妳耶！唉！」蘇皓靖不情願的折返，一把圈住她的腰，直接讓她的腳幾乎離地，「我很不想碰到妳！」

連薰予腳尖真的幾乎觸不到地，她回想起來才發現蘇皓靖的力氣好大，一隻手就可以把她舉起來；昂起頭看著這個輕浮的花花公子，她忍不住滿肚子火。

「說得好像我很喜歡被你碰似的！」

「昨天是誰主動說要握我的手啊？」這傢伙還哼著歌。

「……」她咬著唇，這根本兩碼子事好嗎，「說正經的，你也會做預知夢喔！」

聞言，蘇皓靖立刻低首瞧她，下一秒即刻放下她，不僅鬆開手還退得老遠，雙手高舉當投降咧。

「媽呀，不要用『也』好嗎？不要製造同掛的錯覺。」他認真地說。

「明明就同掛。」她站穩身子，「那個洪先生撈到了什麼，我感覺得到，結果你就把我打斷了。」

「為了妳好啊！」蘇皓靖指向旁邊，「喏，便利商店，妳可以買超商拖鞋回去。」

便……連薰予轉頭看看便利商店，還真的讓她買雙拖鞋咧，正首還想說什麼，蘇皓靖居然已經走了。

「喂！你怎麼來的！好歹送我吧！」

「不想！」他嚷得很大聲，「我說過不想碰妳！」

「那我就不碰啊！喂！蘇皓靖！」連薰予不顧形象地大吼，「不要逼我尖叫喔！」

「哈哈，妳說得一副我很——」

同一時間，他們兩個都打了個寒顫，連薰予往馬路對面的左邊看去，瞧見蓬頭垢面的洪先生，擎著刀子衝了出來。

為什麼？她不懂，為什麼啊！

「你是誰！為什麼要這樣！」她隔著六線道，對著對面的人大吼。

「你在哪裡！」洪先生也回應著，「我在等你！我在等你啊——」

機車衝到她面前緊急煞車，蘇皓靖拽過了她，「上車啊，牛郎織女，隔馬路對話！」

「誰牛……」連薰予緊張的趕緊坐上摩托車，說好不接觸的，但上車時還是扳住了蘇皓靖的肩膀。

然後，她看見模模糊糊的洋娃娃，還有大片的鮮血！

「喂！」蘇皓靖激動不爽地回首低吼，「不是叫妳不要碰我嗎？」

他也看見了嗎？

「不碰你怎麼上車啊，小氣！」

第七章

由於連薰予已經請假，所以不打算回公司去，在公司附近找間咖啡廳待著，她有好多事要想明白，但蘇皓靖則是一副退避三舍，沒事不要找他的姿態，送她到咖啡廳後人就回去了。

連薰予靜下來後，就會對世界上有跟她類似的人感到訝異，她以前都會覺得自己是個異類，為什麼莫名的第六感這樣強？為什麼會做奇怪的夢，尤其情緒較激烈時，總是在隔天或幾天內，會見到跟夢裡一樣的場景、甚至一樣的事情。

想不到世界上真的有跟她一樣的人呢！只是蘇皓靖很奇怪，他根本不當一回事，雖然這種直覺強有些惱人，但往好的方面想，不是可以幫上很多忙嗎？像羅詠捷跟蔣逸文，當初就是因為制止他們去 PUB 所以才成為好友的。

這次的電梯事件，她早感覺到跟亡者有關，由於直覺強，所以她一直很避免去觸碰那塊，因為……不屬於人類的東西好像也特別能感應到她，敬而遠之方為上策。

迷信姊說了，很多事是講磁場的，亡者更是，像她這種直覺強的人喔，只怕磁場強大的容易吸引亡者注意……她自己也知道，所以只要往常只要一感覺到不對勁，都是三十六計，走為上策！

但現在出事的是她工作的地方啊，她的位子就在電梯正對面，一抬頭看見的就是三臺電梯，能閃到哪邊去？想也沒想過，連電梯裡也有搭乘禁忌，另一個世界的忌諱，不是他們能理解的。

「歡迎光臨！」中午時分，門上風鈴叮鈴響著，羅詠捷跟蔣逸文推開了門，張望中找到了在角落隱藏著的朋友。

錢包從玻璃桌的右角滑過來時，連薰予還嚇了一跳。「哇喔！」

「妳嚇死人了！」羅詠捷一臉憂心，「帥哥說妳九死一生！」

連薰予翻了個白眼，「不要聽他亂講，喂，蘇皓靖說的話能聽嗎？那張嘴喔……」

「油嘴滑舌。」蔣逸文接口接得順，手肘輕撞羅詠捷，叫她挪進去一點。

「誇張了，瞧我不是毫髮無傷？」她微笑，「我的鞋子有帶嗎？」

「有啦！」羅詠捷看向蔣逸文，他手上的紙袋擱上桌子。

中午吃飯時間跟羅詠捷他們相約，請她把自己放在桌下的平底鞋拿過來，順便吃個飯。

「謝啦！」連薰予趕緊換上，「蘇皓靖還多嘴了什麼嗎？」

「沒有，他不太想講。」蔣逸文微皺眉，「我覺得他好像很不喜歡提這件事。」

連薰予乾笑坐直，「我也不是很喜歡。」

呃，是啦，現在的情況根本風聲鶴唳，副總的事一爆發，傳聞跟著出來，有些人說看見電梯裡有阿飄，也有人說覺得電梯裡有哭聲，反正走路上下樓的人越來越多了。

「妳找到電梯維修工了嗎？」羅詠捷回到正題。

「找到了，他跟副總一樣不太正常，而且紅色的燈泡是他換的，因為有人命令他這麼做。」她嘆了口氣，「我覺得那個人可能——」

「停。」羅詠捷打了個寒顫，「先點餐，欸，你去幫我點！」

蔣逸文立刻頷首，先滑出座位去點餐；羅詠捷看著連薰予桌上的筆記，她記錄了所有電梯意外事件的細節，年代、發生狀況，連人名都寫上了。

「是他們嗎？」羅詠捷顯得有點不解，「為什麼要這樣傷害人？」

「磁場改變了，有什麼東西讓原本存在無害的亡者轉變……我姊說，你們知道我姊就超迷信的。」連薰予做著筆記其實有些難受，「有些亡者也不是自願的，但靈魂在某個地方徘徊，有時一點外力或惡念，就能感染他們，因為他們只執著於一件事情。」

像那個為情跳樓的女孩，她只記得被背叛與劈腿的悲傷與恨意，加上她是自殺，所以她會一直重複做一樣的事：奔跑、搭電梯到八樓、開窗躍下，感受摔爛的頭與摔斷骨頭的疼痛後，再度起身奔跑到八樓，無限循環。

但她的情緒只停留在死前的絕望與忿怒，這負面的想法，很容易扭曲。

例如她那天對著蘇皓靖說，男人都不是好東西一樣，如果再轉成厲鬼，就是凡是男人都有錯了。

蔣逸文點好餐返回，湊到羅詠捷身邊一道看著連薰予的筆記。

「這裡為什麼圈起來？」他指向第一個欄位，關於最早那個小女孩失足掉落的意外。

連薰予看著他，微挑了眉，「我看到洋娃娃了。」

咦？對面兩個同事同時抬起頭，小薰的「看見」不一定是實體，而是一種殘影幻覺或是腦海浮現的景象。

「是她嗎？」羅詠捷有點訝異，「她不是失足落下的嗎？」

「不是每個人都知道自己發生意外啊，尤其那個女孩又這麼小……」蔣逸文順手拿過桌上的原子筆，「我可以寫嗎？」

「嗯？可以。」連薰予有些狐疑，「要填什麼嗎？」

「我知道她是從哪一樓掉下去的，妳們知道大樓主委嗎？大樓一建成他就搬進來了，我上星期有跟他聊過。」蔣逸文寫下了他知道的資訊，「才建好就發生的意外，他說他一輩子都不會忘記，那麼小的女孩摔得血肉模糊……」

蔣逸文在她的筆記上寫下了「二十三」。

「我們樓下啊？」羅詠捷驚呼連連，「所以一直找我們麻煩嗎？」

「不對吧，如果是我們樓下的話，應該也是要找二十三樓的人啊！」蔣逸文聳肩，「但都這麼久了，物換星移，住商混合之後很多住戶嫌複雜也搬走了，更別說當事者發生事故後就搬離了。」

搬走的人……他們樓下？連薰予忽然倒抽一口氣，瞪大的雙眼越過對面的蔣逸文，朝櫃檯的方向看去！

每次她這樣時，身為好友都不會多說話，說不定她是有感受到什麼了！

下一秒，連薰予連忙移出位子，急急忙忙的往櫃檯前去。

「嗨！小姐！」連薰予叫住了正在櫃檯結帳，依然全身閃閃發光的女人。

女人回頭瞥了她一眼，不怎麼回應的正首等著刷卡，直到連薰予站到她身邊；她狐疑的透過太陽眼鏡看著連薰予，明顯的不太認識。

「有事嗎？」她淡漠的問。

「我們一起搭過電梯，我是二十四樓公司的。」連薰予端著職業笑容，「上次電梯怪怪的，然後……」

「哦～喔喔喔！」她恍然大悟，「我想起來了，熟人熟人！」

「嗨，我叫連薰予，就叫我小薰就好了，薰衣草的薰。」她簡單的自我介紹，「還沒請教？」

面對香奈兒小姐，連薰予沒忘記她就住在二十三樓，而且是最近才搬回來的，二十三樓整層還都是她家的！

「我叫，妳叫我Chole吧！」她笑著，回首看向角落，「中午休息喔？」

「是啊，剛好看到妳，過來打個招呼。」連薰予客氣的說著，Chole正把信用卡收起。

「噢，還是妳熱情！不像有人明明鄰居也超冷淡的！」Chole開心的轉向她。

「呃，謝謝！那個……我有些關於那棟樓的問題想問您耶，不知道方便嗎？」

Chole笑容微斂，有些困惑，「問我？怎麼會想問我？妳應該有更熟的人可以問啊！我才搬回來耶！」

「其實就是因為事情很久了，聽您說您以前住在這裡，不知道您知不知道關於一個小女孩，曾在電梯發生意外的事？」連薰予倒也不拐彎抹角，直接道出了女孩的事故，一邊留意Chole的神情。

但是Chole戴著墨鏡，實在很難讀取情緒，只見她一怔，眉間皺起就搖了搖頭。

「我不知道這件事耶，聽起來好可怕！」她顯得有些不安，「這跟最近發生的事有關嗎？」

「呃……沒有啦，我只是好奇，因為電梯意外好像不少，想到妳說小時候住在這裡……」

「我那時很小啊，也不記得了！妳可以去問問別人啊！」她認真的說著，「我現在只覺得我那層樓好擠，又矮又擠的超不舒服，而且……說到這個，你們公司是做什麼的？很吵耶。」

連薰予一怔，「我們？」

「是啊，二十四樓是幹嘛的？你們需要運貨嗎？」

「不、不太需要。」連薰予旋即想到蘇皓靖，「但另一邊是雜誌社，他們有時會進書，搬運或是輪車的聲音比較多。」

「就是！」Chole顯得不太高興，「又是奔跑聲又是跺地聲，有時地板還會震動，生活品質很糟！」

可是，雜誌社一個月也才進一次貨啊！連薰予沒說出這個，況且運貨是用輪車，跟跺地聲無關吧？

「我如果遇到他們，再跟他們說說看。」

「嗯，抱歉幫不上什麼忙，我只覺得最近好像出了一堆事，有點煩。」Chole擺擺手，「妳再去問別人好了！」

「謝謝。」連薰予跟她道謝，再閒聊兩句後她就離開了。

回到餐桌邊，羅詠捷跟蔣逸文已經在用餐了，他們其實不認識，以為只是連薰予見到了熟人。

「朋友喔？」羅詠捷嘴裡都是食物。

「二十三樓的香奈兒小姐。」連薰予挑了挑眉，Chole恰巧正從人行道上，自他們身邊經過，透過落地玻璃窗，一桌三個人朝她揮手傻笑。

「二十三……啊，妳去問她小女孩的事嗎？」蔣逸文焦急的問，「結果呢？她認識嗎？」

「她不知道那件事，她說連意外發生都不記得。」連薰予沉吟著，「她戴著墨鏡我瞧不出情緒，感覺上不像在說謊。」

「感覺……妳感覺對就對了吧？」

「嗯……」連薰予從容的端起咖啡，喝了一口後靜默，對面兩個顧著吃飯也不吵她。

他們認識的連薰予是個很常思考的女生，她所感受的、看到的都跟他們不一樣，表象類似但深度有極大程度的差異；最近的事情連他們都知道詭異，但懼於面對，或是根本不知道怎麼處理。

說實在的，沈伯的事發生後也有人來招靈，可是副總的發瘋還是始料未及。像他們這種沒什麼特殊體質的人搭乘電梯，都會沒來由發冷了，更別說發現沈伯屍體那天電梯裡發生的一切，根本無法用常理解釋。

亡靈、好兄弟，確有東西存在於大樓或電梯內，而平常當談資的禁忌話題，此時也變得極度重要了。

畢竟凡事不會空穴來風，為什麼會有這些禁忌？只怕在久遠的某個時刻，它們是真的存在過。

「我想知道沈伯出了什麼事。」連薰予重新放下咖啡杯時，意外嚴肅，「我也想停止一切。」

「嗯嗯！」羅詠捷嘴裡塞滿食物頻頻點頭。

「我們都想，但這種事……很玄的，能怎麼做？」蔣逸文理智多了，「妳直覺強，但妳會那、些嗎？」

那些，只得是亡者之事。

連薰予搖搖頭，「我不會，我只是想一探究竟。」

「好哇！」羅詠捷在那邊應得很順。「要怎麼做？」

「今天晚上。」連薰予一邊看著同事的雙眼，「我要在沈伯巡邏的時間，搭乘電梯。」

※　※　※

這是一種不入虎穴，焉得虎子的手段，蔣逸文明白、羅詠捷也明白，不一樣的是羅詠捷只明白前半段，沒有去思考後面隱藏的危險性。

沈伯就是去巡邏時人間蒸發，再被發現時陳屍在不可能進入的電梯井內、電梯箱上方，屍身傷痕累累。

說不怕是騙人的，蔣逸文相當不安，可以的話他想要下班後就回家，不想去猜想電梯裡發生什麼事，沈伯當初遇到了什麼東西……但是，要他把羅詠捷或是連薰予扔在那邊，他又根本辦不到。

道德良知有時候是很可怕的東西，求生或許是本能，但只為了求生後的良心譴責，卻又會讓人生不如死。

於是，有了 PIZZA PARTY……蔣逸文看著滿櫃檯的披薩，恐懼感被沖淡了不少。

「來，吃！我請客！」羅詠捷大方的指著盒子，「買大送大兩份，隨便拿！」

「妳真的知道我們留下來幹嘛嗎？」蔣逸文雙手抱胸，頭有點痛。

「不是要等小薰？」她大方地坐在連薰予的位子上，順時鐘轉兩圈、逆時鐘再轉兩圈。

「我們晚上要做的事有點風險？妳知道危險性吧？」蔣逸文循序漸進地問。

她瞪大眼睛，一副你在廢話的表情，還不忘先咬下熱呼呼的總匯披薩，「廢話，就是這樣才要吃飽一點啊！」

「是喔……」蔣逸文眉頭依然深鎖，「我不懂妳怎麼不怕耶？」

「怕啊，我怎麼不怕！」她一副理所當然的樣子拍拍他，「你放心，到時我就怕了。」

唉……感覺她還是不怕。蔣逸文心情沉重的挑了海鮮披薩，離開公司同事都很好奇的問他們留在這裡幹嘛，他們胡謅了說要加班，叫披薩進來吃。

因為最近有大案子在趕，所以加班也不是什麼奇怪的事，大家只覺得兩個人叫四個大披薩有點誇張而已，而且為什麼要在櫃檯吃啊？鋪成這樣，一不小心會被誤會是請客耶！

「不行！那要留給別人吃的喔！」羅詠捷負責守候披薩，誰都不可以亂拿，「小珠妳可以滾了謝謝！」

「這麼小氣，拿一塊會怎樣喔！」同事邊咕噥邊進電梯。「再見！」

「這麼大方妳買來請我啊！」羅詠捷開心搖著手道別，「再見！」

「哼！」

電梯門都已經關上了，兩個人還在比分貝大，巴不得讓對方聽見。

蔣逸文默默在一旁喝著可樂，無奈地搖頭，現在才八點多，要熬到沈伯巡邏結束的十一點還有三小時……他應該趁機去把工作完成的，這等於是多了點時間啊。

隔壁雜誌社的人也陸續離開，蘇皓靖一現身就沒笑容，緊鎖眉頭看著滿佈在櫃檯的披薩，還有一派悠閒的羅詠捷。

「這是在幹嘛？」他走了過來，「開同樂會嗎？」

「要吃嗎？」面對蘇皓靖，羅詠捷倒是大方得很，還主動掀蓋。

「不要。」蘇皓靖深吸了一口氣，「你們打算幹嘛？連薰予什麼時候到？」

咦？櫃檯裡兩個人先是一怔，旋即面面相覷，奇怪，小薰有跟蘇皓靖說了什麼嗎？

「她跟你說了喔？」羅詠捷狐疑極了。

「不需要，我看這陣仗也知道。」蘇皓靖眉間的紋未滅，「你們想要以身涉險嗎？她現在還沒到的話……要待到晚上嗎？啊，不會是沈伯的巡邏時間吧？」

櫃檯兩個人瞠目結舌，是為什麼可以一個人喃喃自語就導到正確答案的啊！他……有點像小薰耶！

「啊……」羅詠捷還想繼續講，蔣逸文立刻踹她的椅子。「啊！」

「沒事啦，要下班了嗎？再見。」他堆起絕對有事的笑容，指向了電梯，「掰。」

蘇皓靖只是面有難色的看著他們，羅詠捷倒是難得見他這麼嚴肅，「你臉色好差喔！」

「看見一群傻子臉色很難不差。」蘇皓靖看看時鐘，「連薰予跟你們約幾點？」

「重要嗎？」蔣逸文飛快接口，「不關你的事吧？」

嘖！羅詠捷立刻回頭瞪向蔣逸文，怎麼說話的，一點禮貌都沒有，說不定小薰跟他有什麼啊！

蔣逸文則是用眼神拚命暗示，這種事情不是人多就好的，應該要為大家著想啊！

「也對。」蘇皓靖上前還是掀蓋拿了塊披薩，「謝啦！」

他逕自走到電梯邊按下電梯，真不敢相信，連薰予打算用晚上探查嗎？

他在公司絕對不加班超過十點，十點之後這裡根本進不得，他會無法呼吸，沉重得想要逃離現場。

就算什麼都看不見也聽不到，他就是沒有辦法適應夜晚的環境，不只是電梯，是這棟樓！

她居然打算夜探，而且還針對最近頻繁出問題的電梯。

叮，電梯門開啟，他每天也是腳步沉重地踏入，全身發毛得想要逃出電梯，卻還是要撐過這二十四層樓的煎熬，所以他喜歡跟同事，跟正妹一起下樓，可以分散注意力。

早上那女人才差一點被刺穿頸子，晚上又想幹嘛了？他昨天只夢到她被刺穿頸子，沒有夢到後續啊！

「唉。」正要踏入電梯的蘇皓靖收了腳，看著電梯鏡子裡映著的自己。

回身，望著愣愣看著他的羅詠捷跟蔣逸文。

「她來時叫我。」他一副莫可奈何的樣子，往自己公司裡走，「記得催你們公司的人下班！」

兩個張大嘴巴拿著披薩，呆呆的噢了一聲。

「怎麼了嗎？」羅詠捷皺眉不解，回頭看向蔣逸文。

「他說得對耶，至少要催大家下班！」蔣逸文立刻起身，搬動披薩集中在一盒，直接抱進去，「我順便進去工作……妳很閒耶，羅詠捷，都沒事？」

「我做完了啊！」她一派輕鬆的打開電腦，「我要來打電動了。」

嘖！蔣逸文搖搖頭，溜進公司裡工作，順便巧妙的催著同事下班。

夜訪電梯，天曉得會發生什麼事，萬一這中間有其他人捲入該怎麼辦？蔣逸文一邊工作一邊留心時間，心底還有另一個小小的聲音，有點希望小薰不要出現。

十點半，連薰予站在櫃檯邊，看著居然躺在她椅子上睡死的女人。

有沒有搞錯啊？連薰予蹙眉看著這一區亂象，她的桌上、上頭的玻璃桌上擺滿了披薩，杯子殘骸，還有個人躺在椅背上嘴巴開開流著口水睡覺？

「這種神經構造也是異常了。」

身後冷不防傳來聲音，連薰予差點沒尖叫出聲，倉皇回首，看見是蘇皓靖時沒有太多驚色。

「走路出點聲啊。」她咕噥著，開始動手收拾現場。

「妳沒被嚇到啊。」蘇皓靖有點兒失落。

「我知道你還在。」她眼尾一瞥，「就感覺得到。」

「嗯，就跟我感覺妳上來一樣……喂，妳活膩了嗎？」蘇皓靖邊說邊偷瞄著羅詠捷，很好，睡得很死，「我以為我們的第六感是拿來避險用的，不是犯險。」

「我說過我不想每天膽戰心驚！」連薰予邊收東西，伸腳踹踢了椅子。

「哇啊！哇——」羅詠捷整個人彈跳而起，「啥事？怎麼了？蛤？」

蘇皓靖望著羅詠捷，頭更痛了，「這天兵要跟著我們嗎？」

連薰予忍不住低笑起來，唯羅詠捷還在那邊丈二金剛摸不著頭腦。「咦？小薰妳什麼時候來的？」

「妳幹嘛把我位子弄得這麼亂？」她叨唸著，把披薩都集中在一盒，「吃四盒也太誇張了。」

「蔣逸文也有吃喔，還有他！」羅詠捷指向蘇皓靖，他挑了眉，他才吃一塊耶！

「什麼氣氛啊！」她搖搖頭，「去叫蔣逸文吧！時間快到了。」

羅詠捷點點頭，趕緊進入公司叫人，她前腳一走，連薰予立刻走向蘇皓靖，

「你幫嗎？」

蘇皓靖皺眉，「妳挑沈伯巡邏的時間就不是很聰明。」

「洋娃娃啊！二十六年從二十三樓掉下去的女孩，我早上遇到二十三樓的香奈兒住戶，她不知道有這回事，但——她的確剛搬回來。」

「妳確定是當年的住戶嗎？」蘇皓靖狐疑。

「不確定，但她說不知道那件事，還有一些我很在意的……」連薰予咬著唇，「她說我

們很吵，又奔跑又跺地，你們就算運雜誌來，也不會有這種聲音吧？」

「我們？我們月底才進貨，現在可不是月底，最近根本沒書進來。」蘇皓靖下意識往腳底看，「更別說沒人會在這裡跑。」

「還有她抱怨環境很差，空間狹窄。」

蘇皓靖當下明白了她的意思，「二十三樓妳認識幾個？」

「就那戶而已，因為她剛搬來，有一次在電梯裡偶遇。」連薰予有些緊張，「我想問，但警衛沒說。」

「既然妳提了，我倒想問，妳之前有沒有注意到……」話說到一半，蘇皓靖看見連薰予的身後步出了幾個人。

幾個不該在的人。

「我超餓的，羅詠捷妳還有披薩嗎？」Melody 撫著肚皮哀嚎，「給我一片吧！」

「好啊！」羅詠捷小跑步而出，打開披薩盒分享。

「我也要！羅詠捷妳是聖女！」陳政達也趕緊上前，抽了一片。

蔣逸文凝重的走在最後面，回首的連薰予不可思議的看著走出的人，Melody 跟陳政達是怎麼回事？

他聳了雙肩，還往後一比。

林倫怡跟著在後面出來，「我關燈了喔，大家都出來了嗎？」

蘇皓靖把臉埋進掌間，這是要去郊遊嗎？

「咦？小薰妳怎麼來了？」Melody 留意到她，「聽說妳生病了……」

「好多了，你們怎麼還沒走？」連薰予想先把一批人趕走。

「案子啊，副總變成那樣，我們都兵荒馬亂了！」Melody 萬分嘆息，「我接手她的工作，很多事我都不敢做決策！」

「誰敢啊，就怕弄錯，對方又不太肯跟我們談。」副手的陳政達也很疲憊，「我現在只想先回去睡覺……妙了，為什麼這麼多人在啊？」

他看著聚在櫃檯前的人，連薰予應該是病假、蔣逸文剛剛還在加班，羅詠捷是另一個案子，她一晚上都待在外面啊，還有……噢，隔壁公司有名的蘇哥哥。

「好了，你們快回去吧。」連薰予獻出職業笑容，急著要送人走。

轉身往電梯走去，直覺的看向三臺電梯的數字，原本是還在猶豫要選擇哪臺電梯的，但是她卻看見三座電梯同時往上，而且幾乎是同步上升，因為樓層顯示數字都一樣。

不對勁，她立刻回首看向自己牆上的時鐘，還沒十一點啊！

再往左後轉五度，連蘇皓靖都已經站直了身子。

叮——叮——叮——三聲響聲同時響起，所有人都被這聲音分神往電梯看去，看著三臺電梯同時間敞開——噠啦噠啦。

空無一人的電梯，映照著每張錯愕的臉上，電梯裡明亮的燈此時此刻看起來，卻增添了幾分詭譎。

連薰予僵在原地，聽著身後的腳步聲走近，蘇皓靖來到她的身邊，他們面對的是最右邊的電梯，也是最不一樣的。

電梯裡並非空無一人，而是有一雙鞋。

一雙男士的皮鞋，鞋尖向外，並非並排放置，反而像是有個人穿著鞋子站在裡頭看著他們。

只是他們看不到人而已。

經過了十秒鐘以上，電梯門沒有一扇關閉，這氛圍就更糟了，Melody 又抓住護身符在那邊喃喃自語，陳政達皺著眉後退，蔣逸文來到羅詠捷身邊，兩個人默默的拿起自己的包包，隨時準備跟上連薰予的動作。

林倫怡左顧右盼，問著大家這是怎麼回事？

「今晚想選哪一道？」蘇皓靖輕蔑挑著嘴角，微低首看向比肩的女人。

「人家都在等了，不進去也不好意思。」連薰予望著那雙鞋子，「電梯禁忌之一，如果打開門發現有鞋子就不能進去，因為那只是你看不到而已……」

如果想要知道沈伯發生了什麼事，想知道這電梯裡究竟怎麼了，她就必須看到另一個世界去。

至於 Melody 他們，只怕是走不了了！

連薰予用力深呼吸，朝左邊瞥一眼，並沒有問蘇皓靖任何問題，就往電梯裡走了進去。

「等我等我！」羅詠捷立刻追上去，蔣逸文也跟著跑上前，這一混亂讓同事們都傻了，他們就算覺得情況再不對，想著至少也該大家在一起啊！

就剩蘇皓靖站在外面，他知道不該進去，絕對不能，看著大家都閃開那雙鞋子的位置不敢站，天曉得那兒站著誰！

「欸，等你呢！」羅詠捷居然主動按了開延長按鈕吆喝著。

「不要勉強他。」站在另一邊按鈕區的連薰予出聲，「只想坐享其成的傢伙。」

「說什麼呢，整棟樓多少人不是在等這個坐享其成？」蘇皓靖搖搖頭，擁有這種強烈直覺以來，這是他有生以來第一次以身試險。

他是瘋了嗎？他一踏進電梯，羅詠捷的手甚至還在開門鍵上時，門卻立即關上了。

「好奇怪喔！」林倫怡盯著那雙鞋看，「為什麼這雙鞋會在這裡？」

「不要看它。」連薰予淡淡說著，她自始至終都面對著按鍵。

林倫怡聞言倒抽一口氣，連忙別過頭去，不看不看。

蘇皓靖一進來就把羅詠捷擠到後面去，叫她靠牆站好，一副連薰予身邊位置是專屬於他的樣子。

「先別碰我。」她低語著，但整部電梯都聽得見。

「妳真以為我想？」他嘖了一聲。

電梯裡的人都默默交換眼神，看來傳言是真的耶！

電梯意外的停下，二十三樓門一開，Chole 懶洋洋的站在外面。

「咦?嗨!」她綻開笑容,這是第一次看見她沒戴墨鏡的樣子,拎著一個袋子。「這麼晚才下班啊!」

「呃,妳要出門?」連薰予客氣地問著,聲音都在發抖。

該死還真巧,二十三樓的人也到了。

「啊?」Chole頭往左邊轉向她,「噢,我要先去旅館睡,這裡我睡不了,壓迫感太重了,你們樓層是幾公分高啊,我覺得有夠窄的……」

她話才說到一半,電梯整座急速往下掉,簡直就是自由落體!

「哇啊啊啊——」所有人措手不及,尖叫聲響徹雲霄,每個或蹲或跌坐在地,這速度比發現沈伯屍體那天還誇張!

就像鋼索真的斷裂,電梯垂直落下一樣!

網路上有寫過,如果電梯真的掉下去該怎麼辦?他們應該要握住電梯裡的欄杆,背靠著欄杆穩住脊椎……問題是誰現在有辦法站起來啊!

電梯井中傳來像尖叫像哭泣的煞車聲,刺耳異常,電梯剎那停止,連薰予感覺自己整個身體往上飄浮了數秒。

「啊……啊啊……」林倫怡嗚哇的嚎啕大哭起來,雙手掩面。

連薰予跌在羅詠捷身上,她們兩個都以狼狽的姿態跌在地上,腦袋一片空白,對面的人也都一樣，所有人跌成一團，沒有人有辦法站立。

而唯一不同的是Chole，她跪趴在地，完全不明白究竟發生了什麼事。

電梯沒有斷電，蘇皓靖最先扶牆起身，看著電梯上樓層的，十五樓。「門沒開。」都停在這裡這麼久了，電梯門沒有開啟的意思。

「說不定根本不是停在正確樓層，石英數字在閃爍。」連薰予扳著欄杆吃力站起。要開嗎？他們都在想這個問題。

「一樓呢？我們不是要去一樓嗎？」Melody哭喊著，「這是怎麼回事！為什麼電梯會停在十五樓！我們這臺電梯不可能在十五樓停下！」

「妳要出去試試看嗎？」蘇皓靖回首，「我可以按開門鈕……」

「不要——」一群女孩尖叫分貝高昂，蘇皓靖一時耳膜刺痛。

「你很故意耶！」連薰予咕噥著，這情況誰會想出去。

可是也不能困在這裡啊，電梯卡在十五樓，如果一直都不動的話，難道他們就一直待在這兒嗎？

「求救鈕？」蘇皓靖挑高了眉，上一次求救的結果，是得到低沉森冷的回應：我……也……是……

「免了。」連薰予原地轉了一圈，「那雙鞋子不見了。」

「鞋子去哪裡了？」羅詠捷望著整個電梯地板，「剛剛明明在這裡的啊！」

電梯裡有恐懼也有慌張，陳政達開始呼吸急促，但是電梯就是紋風不動，一樓的數字燈已熄滅。

連薰予深吸了一口氣，轉身面向鏡子。

如果盯著超過五秒，會在鏡裡看見不同的東西……

「小薰！妳想幹嘛？」蔣逸文立刻就發現了，「不能照鏡子妳忘了！」

「觸犯禁忌才能看到什麼的話，說不定有助益。」連薰予悶悶地說，「我覺得我們早就一腳踩在禁忌裡了。就差一點點，說不定只差一步就能綜觀全局。」

「這什麼意思啊！」Melody 高喊，突然越到蘇皓靖前方，拚命按著一樓的鈕。

但充其量也只是看著它亮起、取消、亮起、再被取消的循環罷了。

連薰予睜開眼睛，凝視著鏡子裡的自己，其實還看得見她身後的蘇皓靖，拚命按電梯的Melody，努力大口呼吸的陳政達，鏡裡左手邊的羅詠捷，憂心的蔣逸文，林倫怡好像還坐在地板沒起身，Chole 站在中間仰著頭向上看著。

還有另一面鏡子裡的自己，重重疊疊，透過對向的映照，每個人都有無數的身影，無數個自己以釐米之差層疊著，她不知道蘇皓靖公司那 Mia 那晚看見了什麼，但說不定她也有機會看見……

專注凝視著，其實她後來只能盯著自己瞧，如果有什麼變化的話，她應該會——在無數個疊影的自己中，遠方某一面鏡子裡的她，竟往外探頭了！

連薰予狠狠倒抽一口氣，在鏡裡與自己面對面，那顆頭歪了出來，凝視著她的眼神沒有感情，冷冷的揚起嘴角。

那個鏡子裡的「她」伸出了手，按下了電梯鈕。

連薰予迅速閉上眼睛別過頭，皺起眉看向了雙手抱胸，靠著另一邊鏡牆的蘇皓靖。

「二十三跟二十五樓。」她幽幽的說著，不敢再回頭看過去。

因為她知道，鏡子裡的「自己」正在看著她，而且現在只怕多了許多其他乘客。

蘇皓靖立刻跟 Melody 喊借過，把她往連薰予的方向輕推，主動按下 23、24、25 三個鈕，電梯立即啟動往上，又引來一陣恐慌的驚叫。

「要回去嗎？」羅詠捷不明所以，「我們應該要快點離開吧！」

「小薰？回去等等還要再下來……妳、妳要上去後再走樓梯下去嗎？」蔣逸文的聲線也開始顫抖。

Chole 緊皺起眉，「喂，我是要出去耶！」為什麼要回到二十三樓！

連薰予沒時間回答他們，她只是專注的看著石英數字穩定的跳躍著，電梯井除了電梯上升外還有著細碎的雜音，她不知道大家有沒有注意到，或是注意力都已淹沒在恐懼當中。

蘇皓靖突然朝她伸出了手，他的神情也很緊繃，她想他也感受到這種難以承受的壓力感吧。

伸手握住他的手，又是那種溫暖的感覺竄流進來，她看向發亮的樓層鍵，塑膠鍵裡的燈光閃爍著，輪流依序閃爍不已，從二十三到二十五樓，輪流有節奏的跳動著，眼神向上望向石英數字，也不再是清楚的數字，而是像沒電時的微弱閃爍。

二十三樓……二十四……二十……五……連薰予突然蹙起眉，看著電梯再往上爬，終於穩當的在二十五樓停了下來。

「你有沒有感覺到！」她轉向右邊朝蘇皓靖說時，他也異口同聲的問了一樣的問題。

電梯門如常的開啟，Melody他們爭先恐後的衝出去，林倫怡也踉蹌的往外爬跌，陳政達更是好不容易可以呼吸到新鮮空氣似的。

Chole沒動作，她揹著提袋，一副就是要快點到一樓的意思；而蔣逸文跟羅詠捷自然是小薰不動，他們也不動。

「你們呢？」連薰予向右回頭看著貼著底部的他們，「有沒有覺得二十三到二十五樓特別久？」

羅詠捷哭喪著臉，「我覺得現在每一分每一秒都度日如年耶……」

蔣逸文只能含淚同意，現在就算只走一層樓他都覺得超久啊！

「比其他樓層要久，感覺像走了四層樓以上。」蘇皓靖直接看向 Chole，「妳剛說二十三樓很窄嗎？我記得住戶的話應該都很寬啊，少說也幾十坪，難道被另外隔間了嗎？」

「什麼啦！很大啊，我是說矮！我覺得沒挑高，天花板讓我覺得壓力很大！」Chole 伸手按著關門鈕，「我們可以走了嗎？我一刻都不想待在這裡！」

她才一按，門外的 Melody 立刻上前壓住門，「你們要去哪裡！」

「下樓啊！喂！我男友還在樓下等我耶！」Chole 不耐煩的說著，「我不想管剛剛發生什麼事，我要立刻馬上離開這棟大樓！」

很難，連薰予淡淡瞥了她一眼，他們都知道很困難。

因為他們現在已經處在沈伯出事的環境裡了，只要她願意看向鏡子，就可以看見電梯裡還站了其他人，就連現在看著二十五樓，她都覺得死氣沉沉，甚至連腳底好像都有一股寒意透著……

連薰予低下頭，看著電梯與樓層間那窄小的縫隙裡，竟然夾著一根手指頭？

這個角度她只看見指頭與指甲，但就塞在那縫隙裡，死白的毫無血色，總不可能有人在電梯底下吧？就算有，手也不可能擠進這才一公分不到的縫隙啊！

右手被握緊，蘇皓靖像是叫她不要再看似的。

「我們要到二十三樓去，你們要搭另一班電梯下去嗎？」蘇皓靖直接問向電梯外的眾人。

「二十三？」先反應的是Chole。

「我們到二十三樓後，妳再下樓。」蘇皓靖不忘回首補充。

她下不去吧？連薰予在心裡想著，但突然明白蘇皓靖的意思，說破了嘴這些人也不一定懂，乾脆就實際行動吧。

Melody遲疑著，不安的看著旁邊的電梯，連薰予聽見有人拚命按按鍵的聲音，其實電梯不會因為按鍵按得用力而加快速度的！

「走囉！」連薰予加強語氣，要Melody鬆手。

「電梯不動啊！」林倫怡的哭聲傳來，「完全不動，就卡在那裡。」

蘇皓靖默默按下關門鈕。

「等……等等！」門才一要關，Melody緊張的壓住門，「要把我們扔在這裡嗎？」

連薰予不回答，只是默默往右邊走，挨到蘇皓靖身邊，給Melody他們一個進來的位置。

「Melody，林倫怡……你們看是要等別的電梯還是走下去啦！」羅詠捷忍不住開口了，「我們真的要走了。」

Melody喘得很厲害，她手始終緊掐平安符似的，戰戰兢兢的進入電梯，林倫怡拖著陳政達一起進入，陳政達的臉色很白，他連站都站不穩，似有恐慌症。

蘇皓靖再次按下關門鈕，電梯往下，這一次電梯裡氣氛非常低迷，但每個人都在感受所謂「時間比較久」的歷程。

蔣逸文有些訝異，他之前從來沒有留意到這件事，今天專注感受，發現區區兩層樓的時間的確比平常要久，而且從電梯每經過一個樓層都會有些微頓的感覺來看，電梯經過的不止兩樓。

「真的耶……」羅詠捷有些吃驚，看著數字即將抵達二十三，「好像經過三層樓的感覺。」

「連羅詠捷都發現的話，應該是真的了。」蔣逸文嚴肅地說著，卻惹來羅詠捷的白眼。

電梯停止時，發出刺耳的聲音，望著數字的林倫怡掩著嘴，一臉又要飆淚的模樣。

因為石英數字只有2是清楚的，個位數字是疊影，4與3的重疊，形成一個極度複雜的圖案。

電梯門自動開啟，外面是伸手不見五指的漆黑樓層，門一開，就有股刺鼻的油漆味傳進來。

「唔……」Melody 掩鼻，皺著眉往外探。

什麼都瞧不見。

「這裡……不是我家啊！」後面的 Chole 開始接受不正常的情況，「我離開時燈是亮著的。」

羅詠捷緊抓著蔣逸文，電梯如果來到不該存在的樓層時，是不是不該出去啊？

「天哪……」連薰予忍不住吐出這兩個字，她心臟都快停了。「不該出去吧，這不是二十三樓也不是二十四……」

「我想沈伯應該也是這樣想吧。」蘇皓靖緩緩把手鬆開，「妳不是一直在找答案？」答案近在眼前啊！這莫名漆黑的樓層，由電梯引領他們抵達的地方。

連薰予做了一個深呼吸，幽幽地看向蘇皓靖，還有他身後的鏡子，鏡子裡映著電梯滿員，鏡裡的人手指著外頭，就是叫她出去。

「走吧！」她昂起頭，拿出手機的手電筒，往外照明後，踏出了電梯。

蘇皓靖小心翼翼的避開電梯口的東西，是半跳出去的，「大家留意腳下，不要踩到。」

「踩？」陳政達手忙腳亂的照看過去，在外頭的地板上，看見了一隻鮮血淋漓的斷掌，

「嗯——」

「啊啊啊……手！」林倫怡跟著看見電梯裡曾幾何時出現的指頭，「那是什麼啊哇——」

「出去！快點出去！」陳政達跌跌撞撞地跳出電梯外，Melody 跟林倫怡尖叫跟著跑出，蔣逸文看著那指頭，他大概知道那是什麼。

「記得有個男生返家，結果跨出電梯時，電梯鋼繩斷掉的事件嗎？」他低語著，站在他

前方的羅詠捷僵硬地點點頭。

「幾年前發生的意外，有個男的發現電梯有些問題，他就近開了門，左腳才踏出去，電梯整臺就掉下去了，活活夾死了他……發現屍體時，聽說電梯裡就剩那隻右腳跟擦得光亮的尖頭皮鞋……」

剩下的部分被削掉，死狀悽慘。

蔣逸文看向 Chole，走啊！他的眼神像是這樣說。

Chole 根本走不動，淚水滑落，「這不是我家！這是哪裡……我們不應該出去的！我要下樓！」

她瘋狂地喊著，衝上前拚命地按著關門鈕。

蔣逸文嚇得趕緊跳出電梯，看著電梯門應聲關上，他很想擔心 Chole，但是身處在漆黑的四周，前方又沒有多少人了，他覺得跟上連薰予才是最重要的。

「我先開手機，妳的備用。」蔣逸文不得不捨下 Chole，打開手電筒後發現連薰予已經離他好遠，連路都走不好的陳政達也都盡力追上，他們有加快腳步，務求聚在一起。

蘇皓靖沒有當什麼紳士英雄，他根本就不想管這件事，他的人生邏輯就是凡事何必認真？自己過得爽就好了，無緣無故何必蹚渾水惹得一身腥呢？

誰想要答案，就領頭吧！

所以他走在連薰予身後，藉著她的手電筒光線，看著這根本陌生的二十三樓。根本不到三公尺的天花板，極度壓迫，以他的身高來計算，可能只有二點五公尺不到。

身後三個人擠成一團，Melody 是主管，這時候就被推得比較往前，左右跟著抖個不停的陳政達還有哭泣的林倫怡。

蔣逸文跟羅詠捷很快地奔過他們，但一超過林倫怡就放聲尖叫。「呀——你們到後面去！到後面去！」

這尖叫嚇人的拔高音，還在空蕩蕩的樓層裡發出回音，也連帶著讓前面的連薰予嚇了一跳。

「為什麼我們要到後面去？」羅詠捷不平地嚷著。

「這樣我們就殿後了！誰知道後面有什麼！」林倫怡歇斯底里哭喊著，「快到後面去啦！」

蔣逸文聽得不耐煩，「誰理妳啊！」拉過羅詠捷，他們繼續快步走向連薰予。

「哇啊——啊啊！回去！你們回去！」林倫怡激動得像快中風似的，連陳政達都被嚇傻了。

「林倫怡，妳冷靜一點！噓……噓！」陳政達趕緊安慰，「妳不要這麼大聲，萬一有什麼的話，他們就聽見了啊！」

呃……連薰予背脊一涼，真是哪壺不開提哪壺啊。

林倫怡倏地噤聲，但一雙淚眼錯愕的看著陳政達，彷彿在問：你說誰會聽見？

他們走到現在，連戶人家都沒有，這層樓像是還沒建好似的空曠，有誰會聽見啊啊啊！

噠噠噠噠——噠噠——陳政達餘音未落，他們的後方確實的傳來了腳步聲，而且還是奔跑聲。

『嘻嘻……你在哪裡？』

笑聲傳了過來，是女孩子的聲音，正由遠而近！

「哇呀——」林倫怡放聲尖叫，直接朝連薰予這邊衝過來，「哇啊——」

這一驚聲尖叫，只是增加所有人的恐懼感，不管是陳政達或是Melody都跟著往前跑，甚至不客氣地撞開連薰予，拚命的往前奔去；羅詠捷也推著蔣逸文往前，一邊不時回頭。

「聽見了嗎！有人在！」羅詠捷嗚哇地喊著，「是不是那個女孩！」

是不是那個女孩……連薰予緊握飽拳，她怎麼知道啊！她只知道過來的東西很可怕，應該要跑、對，他們應該要跑！

『要去哪裡！不要跑啊！你們別想跑！』女孩以稚嫩的嗓音喊著，在看不見的黑暗中越來越近了！

「走！」連薰予大喊著，正首就往前衝。

這個不存在的樓層相當寬廣，因為一戶人家都沒有，零隔間就是個十足十的空地，漆黑髒亂，還有詭異的油漆味，但是地上還是有許多石塊或是磚頭，絆倒他們，迫使踉蹌，更增加了恐懼度。

叮！突然間，在漆黑的前方中，亮起了電梯專屬的白色燈號。

咦咦！以林倫怡為首的隊伍緊急煞車，她錯愕地傻看著，Melody 則回頭看向連薰予他們的方向。

「一層樓有幾臺電梯啊！」她失聲喊了出來。

他剛剛才從電梯的方向來，感覺並沒有繞一圈啊，為什麼現在前方會有電梯？

電梯門開啟，先是直線燈光，然後越來越寬越來越……還伴隨著兩個人影。

『救命啊——』驚恐的叫聲從電梯裡傳出，下一秒衝出一個陌生女人。

林倫怡嚇得把光打在她身上，赫見女人渾身是血的朝著他們衝來。

全身浴血，頸子拚命湧出鮮血，連薰予知道她是誰了，那是因在電梯裡被搶劫而死的女人！

「後……後退！後退！」她緊張地大喊，「遠離她！遠離那個人！」

蔣逸文第一秒就知道那是誰了，他只是不懂被害者為什麼會出現在這裡，拖著羅詠捷向後退，林倫怡卻像是傻了一樣，竟呆站在那邊不動！

Melody不穩的往後移動，至少陳政達也倒退著滑行，可是林倫怡就還是站在那兒。

女人衝向林倫怡，她手上的手電筒抖著照向她。

「林倫怡！」陳政達大吼，她在幹嘛啊！

「我……我……」她很想退後，但才有個想法，腿一軟直接就跌坐在地了！

女人衝到了她面前，停下腳步。

『救命……救救我……』她低首睨著林倫怡，『為什麼要搶我！』

她沒有啊！林倫怡仰著頭，看見那血如泉一般不停湧出，滴答滴答的落了下來，她搖著頭，一句話都喊不出。

『我為什麼要這樣死去！』女人大喊著，『把我的包包還給我！』

包？林倫怡下意識握住了肩上的包，這是她的啊！

『還給我——』女人尖聲吼著，動手就要搶林倫怡的包。

「哇呀！」林倫怡終於懂得出聲了，她拿包甩向女人，吃力站起，轉身就往Melody的方向跑。

「不要回頭！天哪！不——」蔣逸文大喊著，林倫怡完全沒在看，她與女人的距離太近了！

女人一下就扯住了林倫怡的頭髮，直接粗暴的往後拖。

「哇呀——哇——救我！救我！」林倫怡鬆開手，「我包給妳！給妳！」

『為什麼是我……我為什麼要死在這裡……』女人拖著林倫怡回身，往那依然敞開的電梯門走去，『我得離開，我只要回家啊啊！』

連薰予顫抖著邁開步伐，應該要有人去救林倫怡……得要有人去……咦？她突地瞪大眼睛，背脊發涼，還沒回身，就已經被人使勁推了一把。

「往前！」蘇皓靖大喊著，直接就往前百米衝刺。

什麼？羅詠捷錯愕回頭，卻看見黑暗中有個細長但粗壯的影子，朝著他們走來，他真的走得很從容，但是他手上握著一把染血的刀啊！

『總算有人來了！嘻……』

「哇啊！」羅詠捷跟蔣逸文不假思索地跟上，反正就是沒命往前衝就對了。

蘇皓靖直接奔過了電梯，那兒是正要被拖進去的林倫怡，他不忍的瞥了一眼，真是遺憾，現在大家正是泥菩薩過江，自身難保了！

「不不！救我——小薰！Melody！」林倫怡在地上掙扎著，雙手扳住電梯門，「皮包給妳啊！給妳——」

連薰予跟著奔過來，在電梯前停了兩秒就被羅詠捷一把往前推，後面那個擎刀的男人都衝過來了，沒有時間救人了！

「這到底怎麼回事！」陳政達痛苦地大喊著，也只能眼睜睜看著林倫怡被拉進電梯裡。替身。

連薰予腦子裡直覺傳出了這樣的詞彙，在電梯裡慘死的人們，在這個空間、這個世界裡，等待下一個交換的人。

擎刀的男人沒有再追上前，Melody 哭著回頭，看見他轉進電梯。

「倫怡……林倫怡……」她哽咽著，看著林倫怡雙手依然死命扳著電梯門緣，而個男人就站在那邊睨著她。

蘇皓靖停下腳步，順勢穩住了差點煞不住車的連薰予。

咦？她像被電到一樣的看著蘇皓靖，兩個人瞠目結舌的同時回身，看著那男人高舉刀子，活生生砍斷了林倫怡的手。

「哇啊啊——」淒厲的慘叫聲傳來，林倫怡被砍掉了手就不可能再扳住電梯門，下一秒倏地就被拖進去了。「啊啊啊啊——」

男人跟著進去，那黑暗中的方形燈光再度關上，連薰予緊掐著蘇皓靖的手臂，就想回身去！

「來不及了！」蘇皓靖抱住，「妳知道來不及的！」

陳政達忍不住哭了出來，只是咬著唇忍住哭聲，他拿出手電筒照去，林倫怡被拖進去的地方根本沒有電梯，只有一面牆。

「電梯呢？」羅詠捷不可思議地喊著，「剛剛明明有電梯的，而且還亮燈了不是嗎？」

連薰予沒說話，她不想鬆手的扱住蘇皓靖的臂膀，淚水忍不住滑落，在她眼裡，只怕這樓每一面牆都是電梯。

「這下好了。」蘇皓靖無奈地嘆口氣，「我們連要回去的電梯是哪部都已經不知道了。」

第九章

蔣逸文驚愕不解的看向蘇皓靖，再往周遭照了一圈，什麼叫回去的電梯是哪一部？

「就剛剛來的那部啊……」他指向來時的方向。

「你確定？那林倫怡剛剛被拖進去的那部呢？」蘇皓靖回答得很平靜，雙手握住連薰予，「妳還好嗎？」

「……不好。」她痛苦地閉上雙眼，因為林倫怡的慘叫聲還在啊！

他聽不見嗎？在電梯井內，在那道牆內，傳來她淒厲無比的尖叫聲啊！

蔣逸文皺起眉，他腦子裡一片混亂，根本不知道現在究竟是怎麼回事……他們只是來找沈伯出事的原因，但為什麼……回身想跟羅詠捷說些什麼，一轉頭她卻不見了。

「咦？羅詠捷！」他的手電筒只照到臉色慘白的 Melody 跟陳政達，羅詠捷剛剛還在他右手邊的。

回過身子，發現羅詠捷竟一個人大膽的往林倫怡被拖進去的方向走去。

羅詠捷！連薰予驚覺到不對勁跟著回首看去，但其實她沒有非常緊張……因為現在的狀況是平和的，沒有什麼令人發毛的氛圍。

羅詠捷離牆面有段小距離，她只是想確認……剛剛發生了什麼事？以及她所見所聞是真的，還是只是一場惡夢。

在燈光的照耀下，可以看到滿牆噴濺的血跡，高速噴濺，因為林倫怡的左手是在電梯門邊被砍斷，牆下血液不多，另外還有……

地板上那隻斷手。

雪白乾淨的手，從手肘的一半處被砍下，俐落的沒有撕扯傷，而是一刀兩斷的切面，林倫怡的右手上有條玫瑰金色手鍊，現在也依然圈在蒼白的手腕上。

「為什麼會這樣！怎麼有這種事！」陳政達突然暴怒地轉過來，「這到底怎麼回事！」

刺眼的燈光直射連薰予的雙眼，她別過頭，蘇皓靖直接順勢把她拉到旁邊去。

「你凶什麼啊！」蔣逸文也忍不住了，「要是知道怎麼回事，我們還需要跑嗎？」

「小薰知道對吧！她一開始就知道！」陳政達氣急敗壞的走向她，「催我們來這層樓的就是她啊！」

「小陳。」Melody 皺眉，「你冷靜點，這樣凶小薰不是辦法！」

「我為什麼不能凶她？都是她！這到底怎麼回事……副總也跟這件事有關對吧！」陳政達的恐懼使他口無遮攔，「什麼想知道沈伯怎麼死的，妳就是來一探究竟，幹嘛拉我們下水！」

唉……重重嘆息聲傳來，蘇皓靖深怕他們聽不見似的，可是運足了氣才嘆氣的。

「不是沒叫你們走啊，早叫你們閃了，是誰執意要跟我們搭同一臺電梯？」蘇皓靖涼涼地說著，「你們這些人很莫名其妙，還不是自己選的？」

「我九點半就有催你們下班了，這種事我也不好明說啊。」蔣逸文補充著。

「我……這哪能叫提醒？真的提醒是直接告訴我們——再不走你們可能會死在電梯裡！」陳政達咆哮著。

「誰會這樣講啊，神經病！」羅詠捷咕噥著折返，「真說了你們還會生氣咧！」

陳政達又氣又懼，緊握的拳浮出青筋了。

「好了，別吵了……」連薰予虛弱地出聲，挺直身子，「我的確是來找沈伯的死因，還有電梯出事的主因，我知道有人觸犯電梯禁忌，我想要停止一切，不然每天出一個副總，誰都受不了！」

連薰予先簡短的解釋，再環顧四周，「可是我真的不知道，會來到這個不存在的樓層……」

蔣逸文認真地拿著手電筒由上到下的照了一圈，搖了搖頭，「我覺得這不是不存在吧？這層樓是切實存在的。」

他遲疑幾秒，還在就近的柱子邊，用指頭敲敲，叩叩，發出實心敲擊的聲音。

「是夾層吧！」蘇皓靖接口，「Chole說天花板很矮，我記得每層樓都刻意挑高，我們辦公室也是。」

「對！感覺這層樓是被夾在Chole的二十三跟我們的二十四中間！」蔣逸文有點開心，有人也發現了，「別層樓都滿高的，我在查資料時，當初這棟樓也是以此為賣點的。」

「樓層改變不會有人覺得奇怪嗎？」羅詠捷狐疑的問，「這麼矮耶……好啦，以我的身高還好，但就沒有高的人嗎？」

「Chole說了，她最近才搬回來……或許之前的住戶習慣了？」連薰予看向Melody，「Melody，妳上次說一層樓很廣，又說整層樓都是Chole家的對吧？」

看她的行頭，也知道是個好野人，擁有整層二十三樓倒不是什麼奇怪的事。

Melody遲緩的點著頭，「嗯……對……」

「這就更奇怪了，我們這棟樓地點好，這幾年房價也是水漲船高啊！」陳政達緊皺著眉，「誰會放一層樓在這裡都不動？」

「要自己住的話也不意外，只是閒置這麼多年才是奇怪的事吧！」連薰予不安的往另一個方向看去，「有什麼理由，會讓Chole他們寧可閒置也不願租人？甚至在中間隔了夾層樓……」

重點是，這個荒廢的夾層裡有些什麼？

蘇皓靖往前方看去，他們都感受到不對勁了，重新握住連薰予的手，她也趕緊緊扣，只要接觸，一切就會變得異常清晰。

『哈哈哈！』又是女孩子的聲音，『有人耶！有人在那邊嗎？』

一個影子，直接從遠處，自他們面前橫過！

「哇！」羅詠捷也瞧見了，「那裡那裡……」

前方的岔路口，有小女孩的身影奔過。

那個小女孩才是她要找的對象！連薰予用力緊握著蘇皓靖，有他在，她就不那麼害怕！

立即邁開步伐，這舉動讓後面的同事們都錯愕。

「小薰！」Melody 驚恐地大喊，「妳要去哪裡？」

「我得找到那個女孩子！」連薰予頭也不回地說著，加快腳步往前去。

「誰？」陳政達更是丈二金剛摸不著頭腦。

羅詠捷趕緊追上，蔣逸文回首補充，「就二十六年前意外身故的那個小女孩，她就是從二十三樓摔下去的！」

這一層樓，二十三樓。

陳政達臉色刷白，呆站在原地，回頭愣愣看著 Melody，一轉眼同事又都跑了，他們不想落單的話，就只能衝啊！

「等等！妹妹！」連薰予大膽地呼喚著，「請等一下！」

她循著女孩跑過去的方向想左轉，卻瞬間被蘇皓靖拉住，兩個人同時打了個寒顫。

左邊，有陰暗的空氣在流動……

很詭異的地方，這樓層對外的窗戶仍舊存在，可以看見窗邊聚集了一群人，黑暗中瞧不見臉瞧不見身體，但可以看見晃動的人影，紛紛朝他們看過來。

「噫！」差點衝過頭的羅詠捷一看見那些晃動的頭就嚇到了。

蔣逸文連忙拉回她，他們全站在T形路的橫端，看著左邊那大片玻璃前的人影們。

「那誰？」蔣逸文極為不安，這層樓出現的「人」都不太對勁。

「阿飄、逝者、亡靈，AKA好兄弟。」蘇皓靖清楚地唸著，「這層樓真是匯集地啊，太陰了加上久無人居，也可能是因為什麼緣故，讓這些人都集中在這裡。」

他說得太自然，其他人聽得很害怕，陳政達也看見了那些人，看過去少說十幾個，居然都不是人？

「你怎麼知道……」連薰予其實也看得見，濃厚的陰氣籠罩，但她沒辦法明確的判斷那些是什麼。

「妳都沒留意過嗎？很多地方會有啊，明智之舉就是避開！」蘇皓靖還很狐疑地看向她，「就算看不見有什麼，但那氛圍就會讓妳知道絕對不能靠近。」

連薰予訝然地看著他，她大概明白他在說什麼，也不是沒遇過……但是，她發現蘇皓靖平時的直覺可能比她強烈很多，所以感受性也更強。

「那些……會怎麼樣嗎？」Melody 不安地站在後面問著，一邊再回頭往另一頭的走廊看去。

「不知道，我們平穩地繞開就是。」蘇皓靖邊說，一邊拉著連薰予往後，「動作不要大，不要喧譁，慢慢的離開這裡就好。」

連薰予蹙眉，「可是、可是那個女孩……」剛剛那個小女孩奔過去了啊。

他們此行的目的，就是要來找那個女孩啊！

蘇皓靖根本沒讓她掙扎，不停地往後拉，Melody 與陳政達直接轉頭就要往右邊走去，又是一整片的空曠，這次旁邊還多了些殘牆剩瓦。

「這好像是打掉的隔間啊……」陳政達拿著手電筒晃轉著，這種照法真的很嚇人。

「以前畢竟也住過人，照理說建好時隔間已好，這些都是後來打掉的。」Melody 看著僅存的柱子，輕嘆口氣。

「其實清理得算徹底耶，除了柱子外，其他牆面都沒有留下。」蔣逸文好奇的是這點，「這麼大費周章是做什麼啊……」

「都隔起來了，就是要藏起來啊！」羅詠捷說得理所當然，「隔間全部打掉的時候，是連Chole住的那個二十三樓也一起處理的吧，打掉再藏起，然後把樓下當成真的二十三樓，再重新隔一次！」

說得好像有點道理，蔣逸文拉近她，樓層太寬，會讓他不安。

噠噠噠……孩子的奔跑聲再度由後傳來，連薰予倏地回身，看見女孩的身影從那群亡靈中衝出來，卻瞬間往右轉，奔進了他們剛剛走來的方向。

「欸……」她想喚住女孩，卻發現窗邊的亡者移動了！

『在哪裡？』陰森幽遠的聲音集體傳來，『在哪裡……人呢？』

蘇皓靖使勁拽過連薰予，「走了！跑！大家往前！」

咦？連薰予還在邊跑邊回頭，為什麼那種壓迫感好像消失了，取而代之的是一種……一種令人發寒的氛圍，空氣中流動的顏色中，帶了一絲猩紅……越來越多，像紅色墨水滴入水中的渲染。

「你看見了嗎？」連薰予慌亂地正首，扯著蘇皓靖問，「空氣中有……」

「那叫殺氣！天哪，妳都沒遇過嗎？也太幸福了吧！」蘇皓靖扣著她，逼她跑快一點，「有時很多馬路路口會有啊，只要看見紅色的東西，就要小心，那邊多半都會接連出事！」

她沒看過！在接觸到蘇皓靖前，她真的沒有看過空氣有不同顏色在流動，她知道哪些馬路沒事不要靠近，也知道什麼情況下要停下，不要跟車爭，但是看不見這種色澤啊！

『為什麼不見了！你在哪裡！』後面追上來的亡者們異口同聲，『我在等你啊啊啊！』

「誰啊！」羅詠捷哭喊著，「我不認識你們啊！」

「不必跟他們對話啦！」蔣逸文只管沒命的往前跑。

但是黑影更快，他們朝他們狂奔撲來，因為手電筒原本只有幾個人有，逃命時燈光晃得更凶，Melody 沒看見地上的殘磚，整個人竟被絆倒，立刻跌地！

「……Melody！」陳政達聽見了，但是沒敢停下腳步，「對不起！」

他大喊著，看著 Melody 撐起身子，驚恐回頭，而亡靈們直接——跳過了她。

咦？連連薰予都看見了，Melody 雙手掐著頸間的護身符，蜷縮起來，而那些衝來的亡靈真的跳過她，繼續朝他們奔來。

「要記得問她護身符在哪裡求的！」連薰予驚嘆不已，「我姊給我的沒什麼用啊！」

「我也要一個！」蘇皓靖大喊著，下一秒連薰予從她手中被往後扯去。

「呀——」連薰予的腳被抓住，瞬間往地上摔。

好痛！躺在地上的連薰予看著壓上來的人影，是個……還戴工地安全帽，但帽子連帶頭顱都插著一根鋼筋的男人，他渾身是血地扣住她的頸子，逼近了她。

這麼近，她可以看見他的臉跟毫無人性的雙眼……這是在施工時發生意外的工人嗎？所以也在這棟樓徘徊？

『妳也不是！把他交出來！』

「走開！」蘇皓靖滑步而至，伸出的手擋在工人與連薰予之間，左手同步將她的後領拉起。

『你呢？』一旁冷不防撲來其他根本看不清楚的傢伙，一把就將蘇皓靖撞倒在地！

他狼狽地摔在連薰予身上，卻很快地趁機抱住她，朝旁邊滾動，離這些傢伙越遠越好！

兩個人一路滾到牆邊，連薰予趕緊撐著身子起來，一回眸就是駭然猙獰的臉直襲而來，

『都是沒用的人！快把他還給我！』

「哇！」連薰予嚇得直接抱住蘇皓靖，姊姊給的平安符為什麼沒有作用啊！

蘇皓靖直覺地伸手又想抵住他們，但是在連薰予撲抱上來的瞬間，很明顯在他們四周築起了一道牆！

他無法形容那種感覺，就像孩子吹肥皂泡泡似的，那是一種帶有七彩光澤的東西包住他們，而他下意識伸直欲抵住亡靈的手前，迸出了一種紫色的火花！

那真的是火花，啪的一聲，就像有時按下電燈開關時，裡頭會閃出的火光！

『啊啊——』湧上來的亡靈們痛苦的後退，還遮著臉恐懼的退縮。

後面的幾個，用忿怒的眼神瞪著他們，接著閃繞過他們，直接朝蔣逸文他們身後追去。

「啊……」趴在他肩頭的女孩在低泣，全身抖個不停。「怎麼了……蘇皓靖……」

連薰予不敢抬頭，她這輩子第一次這麼近距離看到亡者啊！

「沒事了。」蘇皓靖真不知道自己為什麼會這樣說，只是看著包住他們的肥皂泡，「妳要不要回頭看一下？」

「咦？」連薰予聽出他聲音的從容，戰戰兢兢的轉頭，「……這……這是什麼？」

「很像肥皂泡泡吧！」蘇皓靖抬著頭，指著上方浮動的彩虹光，「妳剛還沒看見我掌心迸出的紫色火花咧！」

紫色火花？她倒抽一口氣，立刻抵住他雙肩直起身子，「你會驅鬼？」

就在她直起身子的瞬間，肥皂泡泡瞬間消失，連破掉的聲音都沒聽見。

「居然不見了！」他有點惋惜，向右看著十公尺外，還瑟縮在牆邊，埋首雙掌發抖的Melody。

「你會驅鬼怎麼不說？通靈？陰陽眼？還是天眼……」連薰予把平常聽到姊姊說的詞全用出來。

「最好我會啦！我就只是直覺強一點而已，剛剛的情況是我第一次遇到！」蘇皓靖直接站起，「妳朋友在尖叫了啦！」

朋……連薰予啊的一聲，遠處真的傳來羅詠捷的叫聲。

「羅詠捷！」他們立刻往前奔，不忘叫上Melody，不要再待在那裡了！

連薰予邊跑邊把姊姊給她的護身符全拉出來，不知道哪個起了作用？跑十餘公尺後又是一個右轉，蔣逸文跌坐在地上，正被亡者掐著頸子，羅詠捷抱頭趴在地上卻被拖著往窗邊去，陳政達揮舞手電筒，狀似凶狠也還是被逼到牆角，亡靈們都是先箝住下巴，像是在認人似的。

連薰予趕到的時候並沒有可怕的見血場面，但是紅色的氣絲越來越多，越來越重。

「那邊！」蘇皓靖拉著他往一點鐘方向看去，下一個轉彎的角落，站著穿著紗裙洋裝的女孩子。

「我們都不是妳要找的人！」連薰予衝著女孩大喊，「妳認錯人了！」

這距離與陰暗，只看得見女孩的裙襬跟鞋子，但從身形跟腳的大小來看，那真的是個小小的女孩。

『還給我！』稚嫩的聲音哭著，『你在哪裡啊……哇啊啊……』

她哭得好傷心，轉頭就跑走，同一時間，所有或拖或掐住其他同事的亡靈也消散在空氣中。

連薰予首先奔向羅詠捷，才一碰到她，她就歇斯底里的尖叫。

「是我！詠捷！」連薰予趕緊喊著，她一側首，淚眼汪汪的就撲向她。

「哇！小薰！好可怕好可怕喔！」羅詠捷緊緊抱住她，「他們一直問我在哪裡！」

「沒事……沒事……」連薰予只能這樣安慰著，「那亡靈應該是受小女孩的影響，小女孩在找人……」

「咳……咳咳咳……」蔣逸文不停地咳著，趴在地上全身虛脫無力，他真的覺得自己快死了。

蘇皓靖沒有去看顧任何一個人，他只是小心翼翼的往前走，確定著亡靈或是小女孩暫時的消失；現在的確感受不到威脅，但哭聲依舊，童稚的哭聲迴盪著，極為委屈。

「小女孩？」Melody 扶著牆，腿軟地走來。「為什麼一直提那個小孩子？」

「我懷疑二十六年前的那個六歲女孩的失足落下，不是意外……」連薰予將羅詠捷攙起，「那個年代，科學或是鑑識能力沒那麼強，誰能保證意外或是他殺？」

羅詠捷抹去淚水，拖著自己包包走到蔣逸文身邊，扭開保溫瓶給他喝。

「妳認為這些事跟那個小女孩有關嗎？」羅詠捷哽咽地問。

「嗯，我覺得是……我跟電梯維修工人接觸過後，我覺得起因就是她……」連薰予下意識看向剛剛女孩站著的轉角，「她也在找人，不是嗎？」

如果不是意外……蔣逸文抹著嘴角的水，「所以有人殺了一個才六歲的女孩嗎？」

連薰予苦笑著看向他，「我只是猜測，也或許真的是意外，但那個女孩似乎……還沒走不是嗎？」

都二十六年過去了，她依然在這裡奔跑啊！

「所以你他媽的真的什麼都知道！」陳政達暴跳如雷的從連薰予身後衝來，二話不說就是一拳，「然後把我們拖下水！」

「啊！」連薰予直接被打倒，重重摔落地。

「小薰！」羅詠捷跳了起來，氣急敗壞地衝過去推開陳政達，「你幹什麼動手打人啊！」

「我差點被殺了耶！」陳政達緊握著拳頭，盛怒異常，他的手臂都在滴血，「那些鬼想把我拖到哪裡去？跟林倫怡一樣嗎！」

「那又不是小薰的錯！」蔣逸文立刻再擋在羅詠捷與陳政達之間，「你怎麼可以說動手就動手！」

「你們……你們根本就是來找這些傢伙的！已經害林倫怡死了，接下來呢？要害我跟Melody嗎？」陳政達簡直怒不可遏，「我不應該遇到這種事，我們誰都不該！要不是妳，我現在已經坐在沙發上看劇了！」

羅詠捷趕緊蹲下身，看著連薰予紅腫的左臉頰，「小薰！」

連薰予舔了舔嘴裡的鐵血味，咬破了嘴巴有點疼，但是她明白陳政達的怒火，他們辛苦累了一天，好不容易下班，卻因為跟他們搭乘同一班電梯，所以遭受死亡的威脅。

事實上就算他們今天搭別臺電梯也一樣，因為她原本就是來找答案的，電梯也知道。

「現在就是遇到了，源頭不在小薰，是、是二十六年前、是有人殺了那個小孩子，或是之前維修時發生什麼事，才再讓那些東西跑出來！」蔣逸文說不出所以然，只能就他的感覺去說，「這些事不是小薰造成的！」

「但她害我們遇到這種事！」陳政達根本不理，「連薰予！帶我們出去！現在馬上！」

他意欲趨前，蔣逸文再度擋住他，連薰予撫著臉頰站起，蹙著眉看向陳政達，「我自己都不知道該怎麼辦，怎麼帶你出去？」

「連薰予！」陳政達已經恐懼到忿怒了，他衝上前，蔣逸文立刻擋住他，兩個男生即刻展開拉鋸。

羅詠捷連忙把連薰予拉開，離他們越遠越好，都什麼時候了還在打架！她咬著唇看向連薰予斜後方的蘇皓靖！

「喂！你怎麼都不幫忙的啊！」就這樣站在那邊，看著小薰被打。

「詠捷，別。」連薰予輕輕朝她搖頭，擔心的向左回頭，Melody 依然倚著牆，哭得很傷心。

再向右，蘇皓靖眼神轉了過來，極輕微的朝她使了眼色。

嗯？連薰予打起精神，他那是什麼意思？沒有牽著手，她就什麼都感受不到！她的感覺真的沒有蘇皓靖的強烈！

『男人都不是好東西。』

——咦？——連薰予圓了雙眼，她正盯著自己的腳，視線看得見自己以及身前的羅詠捷，但是有雙紅色的高跟鞋，硬生生從她們身邊出現，走過……

太熟悉的聲音，連薰予不敢抬頭，下意識把羅詠捷往左手邊拽。

什……羅詠捷被拽得迷糊踉蹌，呆愣地正首，看見一襲紅色洋裝的女人莫名出現，走向了蔣逸文。

『我就說，男人沒一個是好東西！』女孩披散著那頭長卷髮，舉起了手。

連薰予趕緊衝上前，握住蔣逸文的雙臂也往左邊扯，「蔣逸文！放手離開！」人在緊張之際，腎上腺素會爆發，連薰予的氣力難得的變大，蔣逸文真的整個人被往左邊甩去，還轉了半圈，差點跟羅詠捷撞成一團。

連薰予還想再拉過陳政達，但是根本來不及，尤其腰間突然被圈住，她詫異地轉頭，蘇皓靖不知何時來到她身邊，左手圈住她腰際再度直接舉起，向後帶離。

「蘇皓靖！」連薰予驚呼著，「你快去把小陳拉開！」

「來不及。」蘇皓靖認真的往回走，離陳政達越來越遠，「她手都已經舉起了沒看到嗎？」

手？連薰予慌看過去，只見紅衣女人左手不僅舉起，她直接迎面朝向陳政達，手肘直接扣住了陳政達的頸子立即往後拖！

「哇啊！」只怕陳政達根本也來不及意會到那女人是誰，頸子被一拐子架住，就往後倒了。「妳是誰！放開我！」

他的雙腳不聽使喚的被往後拖，雙手死命扯著扣住他喉頭的手臂，左邊那個女孩看起來如此纖細，力量怎麼會這麼大啊？她迎面走來時，他根本一時還無法反應！

「妳誰！Melody 救我！」陳政達開始覺得不對勁了，因為頸部的力量加重，他有些不能呼吸。「蔣逸文！」

蔣逸文真的想往前，羅詠捷下意識地扯住他，急促地搖著頭，他沒有注意到嗎？蘇皓靖剛剛抱著連薰予從他們身邊經過，往後退了好遠耶，都要退到 Melody 所在的牆邊了。

『男人都不是好東西。』女孩繼續說著，猛然再使力，迫使陳政達再往後，腳不點地的直接往地板跌去。

照理說他應該要屁股坐地的，但是無奈女孩的力道太大，手肘簡直是扣住他的脖子提拎，讓他摔不下去就算了，還幾乎不能呼吸。

「妳……呃！」陳政達仰著頭試圖吸得一絲空氣，只剩腳跟在地上拖行，死命想掰開女孩的手未果，痛苦地看著站在不遠處的同事們，「救……救……」

「等等！妳認錯人了！」連薰予大聲喊著，「他不是妳那個男朋友！」

女孩止步，陳政達驚恐地看著她，一頭亂髮，一張還算清秀蒼白的臉龐，她幽幽回首看向連薰予，但接著又看著陳政達。

在大家眼裡，這個女孩就像是普通女生，只是狼狽了點，臉色慘白了些。

對陳政達來說，還多了她如冰塊的手臂。

『都一樣，你們沒有一個是好東西！』女孩突然哽咽起來，『你怎麼可以這樣對我！』

「我……」陳政達明顯根本不知道她在說什麼，也難以回應，「放、放開我……」

『你怎麼可以打她！』她突然尖叫起來，『都不是好東西，你是、他也是，全部的人都是——』

她冷不防的就往前衝了。

但是她的前面，是那陳年滿佈灰塵的玻璃窗，她左手肘扣著驚慌失措的陳政達，陳政達看不到自己的背後是什麼，只感覺自己像要飛起來似的往後——

腰間手一緊，蘇皓靖別過了頭闔上雙眼，連薰予下一秒狠抽口氣，緊接著在她抬頭驚叫之前，令人膽寒的玻璃碎裂音把今晚的恐懼堆到高點——鏘！

「哇啊啊啊——」女人帶著陳政達，再演繹一次當年她跳樓的場景。

紅色的身影義無反顧就這樣跳出窗外，但她是輕易穿透了玻璃，可是陳政達卻是以後腦勺撞擊玻璃，緊接著是身體，整個人撞碎了玻璃窗就往外拋飛出去——

羅詠捷忍不住放聲尖叫，直接往蔣逸文身後躲，Melody 腳軟跪地，喃喃地喊著，「天，這是幾樓……」

這是幾樓？連薰予眼睛沒辦法眨，她真的眼睜睜看著小陳撞破玻璃，人就這樣消失在她面前。

二十三樓，這裡是二十三樓啊——砰！重物落地聲傳來，人體摔落的聲音比想像中響亮，乘著晚風傳來回音，畢竟那是一個生命殞落的聲音啊。

「……小陳？」蔣逸文差點站不直身子，「他、他真的死了嗎？」驚愕恐懼地看向連薰予，她不知道該怎麼回答，腦子完全空白地呆在原地，身旁的蘇皓靖也沒吭聲。

「就這樣嗎？這裡不是奇怪的地方？」Melody 抖著聲音喊，「說不定、說不定小陳其實沒事，他回到正常空間？」

蘇皓靖正巧對著 Melody，點了點頭，「他是真的回去了。」

「什麼？」羅詠捷果然立刻喜出望外，「所以我們也可以這樣回去嗎？」

連薰予痛苦地閉上眼，羅詠捷沒聽出蘇皓靖說的意思，陳政達衝出這道玻璃就能回去，但回去的陳政達已經是具屍體了。

從二十三樓摔下的屍體，只怕比當年那情傷女孩的屍體還要更加慘不忍睹。

蔣逸文聽出來了，他拉住想到玻璃窗邊一探究竟的羅詠捷，「那個女生當年從八樓跳下去自殺的，沒幾年前的事。」

「啊……」Melody 彷彿也記得，「被男友劈腿的那個女生嗎？剛剛那是她？為什麼會知道！」

「因為我們遇過她。」蘇皓靖簡短的說著，略鬆開了緊箍住連薰予腰間的手，「這裡簡直就是電梯亡者的集散地，他們一個個……在找替身啊！」

明白事態嚴重的羅詠捷白著一張臉，緊抓著蔣逸文的手臂，淚水又不自禁地撲簌而落。

「這是抓交替的意思嗎？」她嗚呼不止。

「呃，有點像吧？我不是這方面的專家……」蘇皓靖顯得有些困擾，「但他們給我一種好像希望別人體會跟他們一樣的感覺……」

她懂。因為林倫怡就像當初那個被劫殺的女人、陳政達是失戀女孩的負心情人、那些曾在電梯裡留下愛恨情仇的或恐懼的人們，好像是想讓別人也嘗受跟他們一樣的經歷。

連薰予默然地看著破掉的玻璃窗，都沒有人留意到，這麼大一個洞，卻沒有一絲高樓風吹進來嗎？

叮！尖銳的電梯響聲驟然響起，所有人都忍不住驚叫，立刻轉身往右前方看去，剛剛那個小女孩站著的角落邊，亮起了圓形的燈。

「電梯……電梯！」Melody高喊著。

「不要衝動！」連薰予連忙喊住他們，誰曉得是不是他們的電梯呢？

電梯門再度在黑暗中開啟，一個人影明顯站在那兒，卻沒有現身，但電梯門也沒關，一切靜止的僵持著。

「哈囉？」羅詠捷居然主動出聲，蘇皓靖回頭瞪大眼看著她，這女生是怎樣！

輕微的敲擊聲響，那像是鞋子的聲音，一隻手從電梯裡攀出，女人帶著驚恐的臉色探出頭來。

「Chole！」連薰予簡直不敢相信，是Chole！

「噢，天哪！天哪！」Chole雙膝內八的快跪下來，「我一直出不去，電梯上上下下，就是到不了一樓！」

是他們那臺電梯！羅詠捷立刻跳了起來，「是那臺，她出不去啊！」

她即刻衝上前，叫Chole抵著門，Chole哭得泣不成聲。

「電梯一直卡著，我最後學、學你們按電梯才停下來的！」Chole搖著頭，踉蹌地踏出電梯，「我受夠了，你們有沒有聽見哭聲？還有人一直在尖叫，好淒厲好悽慘！」

是林倫怡，她可能聽見了林倫怡的慘叫聲。

「妳別出來啊！我們就在找正確的電梯！」羅詠捷焦急喊著，但Chole迫不及待的踏出，雙腳一軟就跪在了電梯前方。

是這臺嗎？不知道為什麼，連薰予竟跨不出步伐，身邊的蘇皓靖遲疑不已，他走了兩步也停下，他們的直覺越來越遲鈍，無法從這臺憑空而現的電梯中體會到什麼。

但羅詠捷倒是很急，她怕電梯消失的一股腦兒往前衝。

連薰予緊張上前，趕緊握住蘇皓靖的手，或許要兩個人聯合才可以——電梯裡突然衝出了別人！

「羅詠捷！！」連薰予大吼著，「停！」

電梯裡衝出的人即刻朝羅詠捷撲上，她嚇得踉蹌後退，摔上了地，而那不見臉的人即抓住她的腳，立刻往電梯裡拖！

然後，電梯門在不打算關上的前提下，直接就往下降！

「哇啊！放手放手！」羅詠捷跟著被扯下去，完全沒有防備的她，身體跟著往下了！

等到電梯離開了這個平面，她的腳就會被夾斷的！

所幸蔣逸文在連薰予大喊時已經奔到羅詠捷身邊了，由後抱住羅詠捷及時往上拖。

「退後退後！」連薰予也到了羅詠捷身旁，吃力地抓著她一道往後拖，「蘇皓靖！」

「我來！」Melody吃力地上前合力協助。

在電梯箱全然消失前，總算把羅詠捷的右腳拖了出來。

然後，電梯門再度緩緩關上。

手電筒的光照來，蘇皓靖謹慎地照向已恢復成牆壁的地方，再照向羅詠捷的右腳。

「啊啊！」羅詠捷歇斯底里的哭著，「為什麼！他為什麼要拉我下去！」

「麻煩行動前冷靜些，用點大腦思考吧！」蘇皓靖涼涼地說著。

蔣逸文有些不爽的回頭瞪向蘇皓靖，深呼吸後把羅詠捷再往後拉，最好大家都遠離牆邊，越遠越好。

一旁的Chole根本說不出話，整個人像丟了魂似的，哭腫的雙眼呆望著牆面，人就側坐在地毫無反應。

「Chole，Chole。」連薰予有些承受不住，在這種狀況下，她為什麼還要負擔這些人的情緒？「妳振作一點。」

Chole沒有回應，依然呆滯地看著牆。

連薰予突然有種能理解蘇皓靖的感覺，不看不管，在意自己的安危避險就好，尤其找到這個夾層樓後，他幾乎沒有出手去處理誰的不安。

因為，直覺強大的他們感受力已經超出了平常人，再去承受別人的恐懼……只是讓自己沒有喘息的空間而已。

「剛剛那個是意外吧，連意外的人都不甘心嗎？」蘇皓靖正喃喃說著，他小心的往前，朝右邊照去，「我們眼看著要繞一圈了。」

寬方形的二十三樓，再走半圈就繞回原點了。

只是沒人知道，原點是否還存在著他們上來的那臺電梯？

第十章

叮——清脆的電梯聲響再度響起，在蘇皓靖眼睛瞧不見的地方，他往前照往後看，觸目所及都沒有任何的圓燈。

聲音有點遠，似乎就在他們一開始出來的方向。

『嘻嘻！』遠方那兒又出現女孩奔跑的背影，那小女孩自左邊的黑暗中奔出，朝遠處右邊而去。

突然，又退了回來。

相距十公尺，那女孩竟朝著蘇皓靖招手。

『來啊！你來啊！』

「什麼？」連薰予走到他身邊。

「又有電梯來了。」他回頭看向大家，「我們得去看。」

羅詠捷抹去淚水，抿著唇瞪向地板上那隻斷手，她才不要待在這裡，她要跟著小薰走。

蔣逸文協助 Melody 起來，她真的有點麻煩，根本站不直。

「我沒辦法顧兩個人。」他蹙眉看向 Melody。

「羅詠捷、羅詠捷她可以走……」Melody 哭了起來，緊揪著他。

「……」蔣逸文面有難色，轉頭看向正在拉 Chole 起身的羅詠捷。

但是我沒有很想顧妳……這句話他吞了回去。

「走了。」蘇皓靖覺得不能再等也不想等，直接就右轉而去。

同時牽握了連薰予，兩個人的力量還是比較大，直覺更強思緒清晰……他也沒忘記剛剛那紫色的火光。

「等等我！」羅詠捷焦急的拉著 Chole，「妳起來啊！我才不想待在這裡！」

「別管她了！自己的命自己顧！」蔣逸文拉著 Melody 催促著，「我們——」

「啊啊——」Chole 突然失控地轉回身，雙手巴住了 Melody，「別走！不要丟下我！」

哎……蔣逸文攙著 Melody，Melody 被 Chole 拉下去，他力量再大也撐不住兩個女人啊！

「放開！放開我……」Melody 想拉開 Chole，但是她卻抱得死緊。

「唉唷！妳們很煩啊，什麼時間了還有心情扯！」羅詠捷上前，竟一把抓起 Melody 扣在蔣逸文肩上的手，「Melody！妳振作點，Chole 就交給妳了！」

咦？Melody 什麼都沒來得及說，羅詠捷就推著蔣逸文趕快走。

「起來！」Melody 突然間也機靈了，又怕又急的扯著 Chole，「妳再不動我會丟下妳喔！」

Chole吃力地站起，Melody半拖半拉的趕緊帶著她跑，再不走，她們兩個就殿後落單了啊！前方是羅詠捷跟蔣逸文奔跑的身影，更前方是頻頻擔憂回首的連薰予及沒回過頭的蘇皓靖。

他們飛快的抵達下一個轉角，再一個右轉，他們的確回到了一開始進入二十三樓的地方……只是，那兒敞開的電梯門，跟他們搭上來時的位置不太一樣。

而且，沒有明亮的方形燈光。

「小心點。」連薰予謹慎地說著，也打開自己的手機手電筒。

電梯門是開啟著的，圓燈也亮著，但是沒有電梯箱在裡面。

奔來的蔣逸文也看見了，他瞇起眼往裡頭照，一時之間亮光集中，「沒有電梯嗎？」

連薰予搖搖頭，只看見電梯井內部的構造。

還是得看一下。加重在她掌心的力道似乎這麼說著，她微微頷首，跟著小心翼翼的往前。

在這裡的人沒人比蘇皓靖更謹慎了，他們懼怕這座電梯，但卻強烈感到這座電梯具有關鍵性作用。

沒有電梯箱的電梯井裡，看不到電梯箱，四周都是電梯井的鋼繩、鋼架、軌道等等，還有一個置於鋼架上的工具箱。

工具箱上，印著「信安電機」。

「啊啊……」連薰予明白這是怎麼回事了，「維修日。」

「先想辦法把門給抵住吧！」蘇皓靖回頭看向其他人，都揹著包包下來，一定有東西可以使用。

羅詠捷聞言立刻蹲在地上翻找，Melody 跟 Chole 這才趕到，Chole 的行李袋放在剛剛那部墜落的電梯裡，否則應該也有不少好物。

「妳怎麼想？」唯蘇皓靖跟連薰予在電梯邊，看著下頭的深不見底。

「我……看見洪先生踮起腳尖，伸長手撈著什麼……」連薰予潛意識往上看，「比工具箱再上面一點嗎？」

再上去一層，等距離都有另一個鋼架。

洪先生一定在這裡發生什麼事，所以才會引發一連串事件。

蔣逸文帶著東西前來，蘇皓靖接手後努力的卡住兩側電梯門，這只是以防萬一而已，事實上他跟連薰予隱約知道，電梯門不會輕易關上。

因為一輪差不多輪完了，也該到二十六年前那個小女孩了。

「這是怎麼回事？」羅詠捷爬過來，戰戰兢兢的往下看，「哇，下面什麼都沒有耶！」

「上個月那個維修人員可能有找到什麼，或看到什麼，他說緊急備用電源裡的紅色燈泡是『某人』叫他換的。」連薰予目光又落在那個工具箱上。

「所以這是他維修的樓層嗎？這麼剛好在這裡？」蔣逸文也湊了過來，他雙手抵住電梯門，也是一種憂心。

「我們要爬這裡離開嗎？」連Chole都擠到羅詠捷身邊，「萬一爬到一半電梯出現，把我們夾死怎麼辦！」

大家不約而同看向Chole，「很高興妳恢復理智，但是我想不會有人傻到爬下去的。」

二十三樓耶，開什麼玩笑？還在有一堆亡者的電梯井裡？

「那這是什麼意思？」連Melody都不敢落單地過來，「開著門？沒有電梯？」

「有電梯我也不敢進去了……」羅詠捷哭喪著臉。

「那個小女孩在找娃娃吧，她當初摔下去時，是不是有抱著洋娃娃，落在哪裡了？」

哇……這論點讓其他人嘖嘖稱奇，光Chole就緊皺起眉，「妳為什麼知道她在找洋娃娃？」

連薰予無奈笑著聳肩，「直覺。」

見過洪先生後看見的模糊影像，就是一個洋娃娃啊！

六個人擠在窄小的電梯口，其實蘇皓靖隱約知道該怎麼做，他只是在想一個最安全的辦法，還得確定一條沒有陷阱的途徑，但是現在……他是滿心的不安啊。

唉……連薰予與他同時嘆氣，從他們發寒的身子，根本不敢跨出那一步。

洪先生可能看到了娃娃、有沒有搆著就是另外一回事了。

「誰！」突然間，Melody 大喊尖叫著回頭，「哇啊！不要過來！」

「怎麼回事！」這突然間的驚叫聲讓大家心慌，Melody 嚇得踉蹌撞了過來，也或許根本是被推倒的，蔣逸文及時圈住羅詠捷，蘇皓靖早就拉走了連薰予。

而唯一反應最慢的 Chole，在連薰予與羅詠捷中間，毫無物品可以抓握的 Chole，就這麼摔下去了。

「哇啊啊——」她瞪圓眼看著下方，「呀啊啊啊——」

跌倒的 Melody 也跟著滑進了電梯井，是羅詠捷趕緊抓住她的手，避免她成為下一個掉下去的人。

「呀——」Chole 的尖叫聲還在迴響著，彷彿那下面不止二十三樓，而是更深更遠——

砰！

又是一陣重摔聲。

電梯口的所有人，根本都還沒跟上現實。

Chole 掉下去了！天哪！她掉下剛剛那個用手電筒照，都深不見底的電梯井了。

「為什麼！」連薰予看著坐在地上的 Melody，她抖得比他們還嚴重。

「不……不是故意的，剛剛有人撲過來！」Melody 嗚哇一聲，雙手掩面，「我嚇得想躲，我根本沒注意Chole在哪裡，我……我只是……」

羅詠捷要蔣逸文拉著她，她拿著手機，伸長手往電梯裡按下照相鈕，閃光燈刺眼亮起，還連拍了好幾張，蔣逸文連忙再圈著她的身體拖回，接過她手裡的手機。

羅詠捷自己也根本不敢看，交出手機後就蜷縮在一旁。

「怎麼樣了？」連薰予趕緊走過去。

蔣逸文先是緊張，然後是一臉困惑，最後皺緊眉心抬頭看著走來的連薰予，將手機轉給她看，

「沒有人……瞧不見啊。」

連薰予接過手，有沒有人她看了才準，放大、滑開，羅詠捷手抖得太厲害，每一張都手震是要怎麼看。

「Chole是不是也回到原本的世界了？」Melody哽咽哭泣，「我真的不是故意的……」

蘇皓靖再度向前，他大膽走到未閉的門前向下看，依然看不見底，但是手電筒的光線這麼強，照理說如果有個人躺在下面，都該看得見的啊……可是這麼照下去，他只看見下方有個方形的銀色設備，不知道是地底的機械，還是電梯。

但無論是哪個，就是沒看到人。

「不確定她到哪裡去了，但真的看不到。」蘇皓靖回首，「電梯門沒關，事情還沒了。」

連薰予把手機還給蔣逸文，緊握著雙拳用力頷首。

「大家應該沒有繩子吧……」她雙手抹著衣服，掌心都是手汗。

「用小外套。」蘇皓靖指著她身上穿的七分袖外套，再比比自己的手腕，「綁著，至少有個緩衝。」

連薰予趕緊脫了下來，將外套纏成一長條，羅詠捷不明白他們在做什麼，為什麼小薰一副……一副要爬進去的樣子。

「不是說不能爬嗎？」她不解，「小薰，那裡面去不得啊！」

「為什麼要去，妳要去救 Chole 嗎？」Melody 也咬著手背問。

「要找到那個洋娃娃。」連薰予將外套一端綁在自己的手腕上，另一端則繫在蘇皓靖的手腕上。

蔣逸文跳了起來，「那我去好了！妳這樣進去太危險了。」

「我去。」連薰予聲音既虛弱卻又強硬，「你沒辦法感覺的！」

「那好歹也姓蘇的去吧？」蔣逸文不平的指向蘇皓靖。

蘇皓靖連回頭都懶，早說過，這就不關他的事，平時他連介入都不會介入耶！陪著走到這裡算是仁至義盡了吧？

他顧著檢查繩結牢固，一邊感受著套過繩結後，他們兩個的感應有沒有變弱。「如何？」

「沒那麼強烈。」連薰予其實根本怕死了，「我爬進去後，你要幫我顧著點。」

「嗯。」他頷首，連薰予直接脫掉了鞋子。

赤著腳既方便又止滑，鞋子也不會卡在哪兒。

電梯井四周都是鋼樑，她可以抓著攀著，雖然立足點小，但至少還有能緊抓著的空間。

「連薰予！」Melody半爬著過來，她根本不敢站，「太危險了！萬一……萬一……」

萬一電梯突然出現怎麼辦？Melody說的他們都想過，尤其現在在電梯井裡，的確有聽見運轉聲。

「那只能速戰速決了，她想要娃娃，我們得還給她！」連薰予闔上雙眼，用力地深呼吸。

「姓蘇的，你是不是男人啊！」蔣逸文的聲音在後面咆哮。

蘇皓靖哪理他，大掌扣著連薰予的肩頭，是一種鼓勵，也是一種感應，接觸的範圍越大，她越能感覺到危險或是應該著手的地方……例如，現在雙肩上的溫熱讓她聽覺更清楚，聲音來自樓下。

再更仔細感覺，好像有震動，下面會有東西上來，牆上的纜線也微震，而不知怎麼地，她覺得要從斜對面的右上方開始著手。

「我去了。」她直接從右邊開始，雖然往右邊去必須踏出的是左腳，較為不穩，但這邊離她覺得的位置更近些。

外套繫在彼此的右手，她緊張的踏出去，羅詠捷得掩住嘴忍住自己的尖叫，現在發出聲音，都只是會影響小薰而已。

叩咚……隆……底下突然發出了聲響，嚇得連薰予抓著鋼樑邊緣的手差點滑掉，她緊張的往下看，聽見了類似運行的聲音。

蘇皓靖抓緊自己右手上的外套繩子，「快點。」

主鋼繩在移動，這下面只怕真的有臺電梯正在往上，這裡是二十三樓，上來就算需要一段時間，也不會太久。

連薰予不敢遲疑，她趕緊橫著往角落去，鋼樑的寬度都不足讓她踩上或雙手扣牢，她只能用腳尖移動，用指頭抓著邊緣，戰戰兢兢往裡頭去；好不容易到了角落，她橫著再往左沒幾步，下意識停下。

叩叩……整座電梯井在微幅震動，鋼繩明確的在移動，羅詠捷緊張的捏著雙手，蔣逸文只恨自己不能幫連薰予的忙，Melody手拿著手電筒往下照，下面那片銀色鋼板真的在上升啊！

「噫……」她抬頭想說什麼，卻被低首的蘇皓靖示意噤聲。

連薰予現在最不需要的，就是增加恐懼。

「我覺得在這裡……你呢？」現在的她是背對著大家的，她左手扣住鋼樑，試著要用右手往上探。

這距離很吃力，她得努力拉長身子，踮起腳尖，才有可能摸到卡在裡頭的東西。

「八九不離十。」蘇皓靖也這麼覺得，「就在這附近，妳小心準確地探。」

連薰予用力吸了口氣，屏息，嘿唷的就踮起身子，羅詠捷真差點叫出聲了，她好怕小薰一不小心滑開。

連薰予的手往上摸，第一秒嚇得縮回，這比恐怖箱還可怕，不只是看不到，尤其在出這麼多意外的電梯井中，誰曉得那上面有什麼東西？但是她從震動的跡象知道不能拖，否則她會成為被電梯夾死的那一個。

「好多東西……」她大膽的左右探著，「我摸不出來是什麼……要一個個拿嗎……天哪，飲料罐？這什麼……菸？菸蒂嗎？」

這距離她爬不上去。蘇皓靖正在估算著距離，如果連薰予能夠再往上一層，就能輕易看見卡在樑縫的東西了。

「那個娃娃長怎樣妳記得嗎？有特殊的地方嗎？」蘇皓靖再問。

長什麼樣子……連薰予用力搖了頭，「我只有一秒的影像而已，洪先生的記憶似乎也不多……他就是沒拿到吧？」

「那就不是他的記憶，是那個女孩的投射。」蘇皓靖說得倒是斬釘截鐵。

是啊，洪先生如果拿到的話，她還需要在這裡搆嗎？

連薰予先用指尖夾出她碰得到的東西，突然感覺到洪先生似乎就在她的位置上……她瞇起眼，伸直的右手邊彷彿有著穿工作服的男人，他也一樣伸長手，撈著撈著，然後……

咦？連薰予突然縮了手，因為手有點無力，雙手重新扣著鋼樑邊緣，再重新往上探。很努力看到上面有個突出的尖銳物，那是裂開的鐵片，鐵片縫裡夾著一絲藍色的布，正是維修公司的制服，還有褐色的……

「他流血了……」連薰予喃喃說著，「洪先生在撈東西時被勾到，在這裡流了血！」

她往左移了十公分，立刻伸直手臂還回頭，就這個位置，他是在這裡時受的傷。

「妳專心抓好！」蘇皓靖焦急地喊著，抓都抓不穩了還回什麼頭！

是流血的關係，洪先生在這裡流血了嗎？就算不諳此道者，也知道大概的忌諱，如果這裡有這麼多亡者，又有死者不甘心的想法，卻有人在這裡流血，簡直就是大忌。

血液，喚醒了這些不甘心的亡靈，打開了禁忌大門。

喀咚，電梯再往上了，Melody 緊張地抓著蘇皓靖的褲管，她已經清楚看見電梯箱上升的跡象了！

「連薰予！」他低聲催促。

「在摸了啊……沒有一個像洋娃娃，我連大小都不知道……哇啊！」她突然尖叫縮手，所有人神經都快綳斷了！「毛毛的！那是什麼！……」

「就是那個！」Melody焦急抬頭，「娃娃的頭髮，毛毛的！」

「頭髮……確定是娃娃的嗎？」連薰予聲音變得哽咽，「可是摸起來不像，是一種……像絨毛的東西！」

呼……羅詠捷忍不住略鬆口氣，絨毛的話，至少不像人類毛髮。

「衣服，那種毛皮披肩的對不對！」Melody邊喊邊往下看，「連薰予，妳摸摸看，用力一點看能不能感覺到，是就抓起來了！」

披肩？連薰予咬著唇鼓足勇氣再用力踮腳往上摸，指尖再度摸到毛皮……嗚，是頭髮，往下就是剛剛觸及的絨毛感，有點綿有點小片，然後是冰冷的手——這是芭比娃娃！

連薰予喜出望外的用力抓握，欣喜若狂回頭，「我找到了！」

緊抓著灰髒的芭比，她興奮回首的瞬間，立刻失掉了重心，右腳瞬間滑出了鋼樑邊緣！

「哇……」

滑掉右腳的連薰予根本抓不住，她立時向下掉——她面朝地面的往下墜落，完全不明白怎麼回事的尖叫著，娃娃飛出了手掌，地面越來越近越——砰！

『啊啊啊啊——』在電梯往上的聲響中，驀地出現了驚人的尖叫聲。

連薰予往下望去，她看見電梯箱的上方，曾幾何時趴著一個小小的女孩身體，她正放聲尖叫，緊接著倏地轉過身，用那面目全非的臉朝著她伸長手——『姊姊！』

「小薰——」羅詠捷再也忍不住尖叫。

連薰予猛然清醒，她、她的手依然圈著衣服，仰頭看著上方另一隻大手，蘇皓靖拉著她。

剛剛那是……小女孩摔落時的感覺嗎？

「讓開！」蘇皓靖一把推開羅詠捷，伸腳抵住牆面，右手腕在繩子上轉了兩圈，緊緊拉住另一端的連薰予。

僅用衣服繩結繫住的連薰予跟鐘擺一樣在電梯井裡晃盪，滑下去後先撞上電梯門那面，緊接著往旁轉了幾圈撞擊，再又回到蘇皓靖正下方。

「唔！」她也機警的將右手在繩索上多繞兩圈，增加結實度。

咚……隆隆……電梯聲如此逼近，Melody的手電筒照到電梯箱簡直近在咫尺，只怕已經在十八樓左右了。

「抓穩！」彎著腰的蘇皓靖說著，蔣逸文伸手欲幫忙，「你們退後！誰都別靠近電梯門……Melody！」

「咦？」Melody嚇得收回在電梯裡照明的手，連滾帶爬的往後退縮，蔣逸文還想說什麼，但連連薰予都高喊著走開。

羅詠捷咬著手不得不離開電梯門邊，如果因為他們的積極，反而妨礙到他們的話就更糟了。

一轉眼，他們三個人瑟縮在後面，而電梯口則是跪著的蘇皓靖，以及看不見的連薰予。

「預備。」蘇皓靖瞥向底下，眼神鎖住連薰予，

「好。」她嘴上這麼說，但握著繩子的手抖得厲害，她費盡力氣才能握緊芭比。

蘇皓靖分神一秒，伸手按下電梯鈕，電梯已然上升，就在連薰予感覺到腳踩到地的瞬間，趕緊雙腳踏穩，讓自己被電梯撐上來──現在！

「小薰！」

蘇皓靖使勁一拽把她扯了進來，連薰予整個人撲進他懷裡，兩個人踉蹌往後直接後仰跌地，而電梯也穩當的來到二十三樓。

叮。

又是那清脆逼人的響聲，迴盪在這空蕩的二十三樓。

連薰予緊緊抓著蘇皓靖的衣服，渾身跟蒟蒻似的顫動，蘇皓靖半撐起身子看向電梯，覺得虛脫無力。

「還好吧？」蘇皓靖坐穩，摟著她的背安撫，看著她抓著他手臂的右手腕，果然圈出了一圈紅。

然後，視線落在她右手緊抓著不放的髒芭比。

可能該是金色的長髮、毛皮披肩，以及已經看不出來什麼顏色的晚禮服。

「好可怕……她好害怕！」連薰予哭了起來，不顧一切的緊緊抱住蘇皓靖，「她是臉朝地面落地的，臉就摔在電梯底……」

「噓……噓，好了，沒事。」連薰予恐懼的圈摟著蘇皓靖，他擰著眉低聲輕噓，感受著淚濕臉頰貼上了他的臉頰——

須臾剎那間，眼前的場景變得更加活躍，有隔間有電梯，挑高超過四米高，眼前的電梯外用黃色封條貼著，外頭擺放了一個三角錐。

噠噠噠……孩子奔跑聲傳來，伴隨笑聲，『嘻……姊姊！姊姊！』

一個瘦小的身影出現，站在電梯前，那電梯門是敞開的，但是裡面沒有電梯，女孩往下看了一眼，回首。

『我在這裡喔！』她高聲喊著，又噠噠奔離。

『嘻嘻……找到妳囉！妳在那邊！』更小的女孩從轉彎處奔出，一路奔到了電梯前方，『姊姊？』

她好奇的東張西望，果然看見了大開的電梯門，還有外面那草草封一條的黃色膠帶。有點害怕，但她還是好奇的往前，一步、再一步。

女孩太小，她必須站得很前面很前面，才可以看見深深的電梯井。『哇……』另一個疊影彷彿就在蘇皓靖眼前，瘦高的女孩悄聲往前，伸長的雙手向著小女孩的背部，一步、兩步……連一聲都沒有，小女孩就被推了下去。

『哇——啊啊啊——』

砰！回音在電梯裡傳著，清瘦的女孩雙手至背後交握，歪著頭只停凝了幾秒，轉身向左，半跳半滑的踩著輕快地步伐離開了。

「啊！」連薰予被嚇到似的彈離他懷裡，雙手更加用力的緊抓住他的衣袖，驚恐的雙眼就這麼對著蘇皓靖，「那……剛剛……」

蘇皓靖極為緩慢閉上雙眼，表示他也感受到了，奔跑的小女孩從不是在找這個娃娃，她要找的是……姊姊。

那兩個人的氛圍讓羅詠捷打不進去，她跟蔣逸文只能在旁乾著急，卻不知道該不該說話，那座電梯現在還是停著的耶！

「這個娃娃應該是她摔下去時飛出去的，剛好卡在鋼樑縫隙中。」蘇皓靖從容的從她手中接過娃娃，「我一直以為是洋娃娃。」

「我也以為……是我過度解讀了，我直覺是娃娃，卻說成洋娃娃。」連薰予汗濕了衣服，她顫抖著舉起發紅的右手，還有上面那個髒掉的芭比。

羅詠捷腳軟地跪坐下來，「小薰……妳嚇死我了！」

「居然真的有娃娃啊……」蔣逸文茫然地看著他們。

身側是啜泣的 Melody，她的手仍緊握手電筒，雙腳髒汙，鞋子早就不知道飛哪邊去了。

「我感受到她掉下去的感覺了……」連薰予痛苦的低著頭，「那個女孩真的不是意外，她是被推下去的……」

「什麼？」羅詠捷圓了雙眼，「妳說二十六年前那個……六歲小女孩？誰會去推一個六歲的小孩！」

連薰予大口呼吸著，吐氣時連肺部彷彿都在顫抖，她難受地緊閉上眼，羅詠捷趕緊把還剩餘的熱水遞過去。

「找娃娃只是一個象徵，我想是洪先生發現了娃娃，原本想拿，結果卻不小心割傷自己……喚醒了被困在電梯井裡的死者。」蘇皓靖打量著早已壞掉的芭比，「結果最不甘的人，其實是那個六歲的女孩。」

不是情傷的女人，不是被搶劫身故的婦女，更不是那個被電梯夾死的男人，而是一個還不懂事，卻異常執著的小女娃。

「你……你知道你們在說什麼嗎？」Melody 不解的看著他們，「為什麼你們會在說一些……我們根本不知道的事？從剛剛那個紅衣女生開始，從……林倫怡……」

羅詠捷跟蔣逸文啊了一聲，Melody 的確不懂，「那個，小薰她第六感很強……很多事她就是知道。」

Melody 眉間的紋更深了，「就是知道？」

連薰予沒有要離開蘇皓靖大腿的意思，相偎著，她才有安全感。「他也是。」

她悶悶的順道指向蘇皓靖。

「嗄？」羅詠捷跟蔣逸文異口同聲，還有一個啊！

那他們真的可以考慮去包牌了耶！

「第六感很強也不是什麼好事，很多事就是能感覺到，像剛剛，我們都看見了當年的事，一種感同身受的痛。」蘇皓靖吁了口氣，「還有妳是怎麼推妹妹下樓之類的。」

蘇皓靖邊說，一邊轉過頭。

冷淡的眼神看向羅詠捷，她緊揪著雙手，飛快的搖頭，「不，不，我沒有，我怎麼會……」

「借過啦。」蘇皓靖擺擺手，想也知道不會是這個咖好嗎？

不是她……蔣逸文驚愕回首，看向依然側腿坐地的 Melody，她的臉頰帶著淚水，不明所以。

「什麼？」

「妳就是姊姊吧！」蘇皓靖沉穩的笑著，「二十六年前，妳是不小心還是故意推妹妹下去的呢？」

第十一章

「嗄？」Melody皺起眉，「在說什麼啊？」

「妳為什麼會這麼明確知道芭比娃娃？」蘇皓靖嘖嘖出聲，「我們所有人都認為是洋娃娃、是布娃娃的同時，妳倒是很明確的知道不是啊！」

Melody用力別過頭，「我亂猜的，她不是說娃娃……」

「我說的是洋娃娃……一般人不太容易想到芭比，而且妳怎麼會知道她還有披肩？」這可不是芭比的必備品啊，連薰予咬著唇，「仔細想想，Chole早認得妳，她說過我有認識這帶更熟的人……剛剛在樓下遇到時，她一進電梯是對著妳打招呼，不是對著我的……」

只是她自以為的回應，當時Chole還有幾秒的錯愕才轉回來看她。

Melody嫌惡地撐著膝蓋起身，「夠了沒？你們現在是想找個人怪嗎？」

夾在中間的蔣逸文跟羅詠捷丈二金剛摸不著頭腦，他們看看左邊再望著右邊，氣氛不太對啊！

「妳對這裡一直很熟，以前就說從小在這裡長大不是嗎？Chole第一天見面就認得妳了，或許後來妳們還見了幾次，但Chole覺得妳冷淡。」連薰予是剛剛回想的，在咖啡廳時，

Chole說的應該就是Melody吧？「剛剛危急之際，她也是第一時間巴著妳？」

「真是寄望錯人了，我想……Chole是被推下去的吧，根本沒有什麼人撲過來，我剛剛就覺得奇怪，我沒感受到威脅。」蘇皓靖挑眉，「我說過我第六感很準的，剛剛沒這種氛圍，妳只是找個藉口，趁機把她推下樓。」

「推？為什麼！」羅詠捷抓到話尾就驚呼，「妳怕被認出來所以滅口嗎？」

「倒沒這麼複雜，我想當初她推妹妹下樓時應該沒什麼人看見。」蘇皓靖有些嚴肅，「妳以為這是抓交替對吧？林倫怡被當成搶劫的受害者殺掉、自殺的女人拖著小陳一起走，因為我說替身，妳想既然妹妹當初是墜樓身亡，不如就送她一個替身好了。」

剛剛Chole靠得太近了，她的掌根甚至靠在邊緣，那樣傾斜的姿勢與重心，輕輕一推就能得逞。

「Melody？」羅詠捷不解也不想相信。

「我聽不懂他在說什麼。」Melody緊繃著身子，露出嫌惡。「你們四個一夥的，現在危急之際，想找個人丟給那些亡靈嗎？」

「妳就這樣推了Chole……太傻了，如果真的是抓交替的話，那妳把沈伯當什麼了？」連薰予幽幽地說，「沈伯已死，照理說那個小女孩就不會出現。」

Melody不耐煩地喘著氣，不穩的站起身，「夠了沒啊？為什麼要把事情推到我身上？難道因為我還活著嗎？那為什麼不說是羅詠捷！」

「關我什麼事啦！」羅詠捷跳起來，對著蔣逸文拚命搖頭，「不是我我沒有喔！」

知道知道，蔣逸文無奈極了。

「而且跟我有關係的話，我還敢在這裡晃嗎？那個女孩不是早該來找我了！」Melody 不爽的走向連薰予，「妳是怎麼了？為什麼要這樣對我？」

連薰予有點無力，「Melody，那妳告訴我，為什麼妳知道掉在那兒的會是有披肩的芭比？還有，Chole 只說過她家在二十三樓，妳第一天就說那整層都是她的，妳又為什麼知道？」

很多事，都得重新回想才能釐清。

這些問題令 Melody 欲言又止，她充其量只能用「我瞎猜」的當藉口，她盡力想要說出個答案卻掰不出口，「我……我猜的，妳說有毛，我就想說……」

「是那個嗎？」蘇皓靖突然上前一步，用娃娃指著她的胸前，「這個護身符哪裡求的？強大到妳妹都找不到妳？剛剛那些亡者也瞧不見妳。」

Melody 低首看向護身符，警戒的瞪著蘇皓靖，眼尾卻瞟著他手上的娃娃。

「我受夠這個鬧劇了！」Melody 突然回身，「我要回家，我現在應該要在家裡！」

然後，她在回身時，竟搶下了蘇皓靖手裡的芭比。

其實他沒握得太緊，這種東西不需要太認真保有吧？光放在手裡就讓他全身起雞皮疙瘩，彷彿聽見芭比在尖叫似的，誰要就快點拿走吧。

「Melody！」連薰予追上前，Melody卻極快地往電梯衝。「妳等等，妳不能隨便進入電梯！妳不知道那是什麼！」

連薰予因為赤腳，所以追得很快，伸長手就抓住Melody的左袖，Melody掙扎著想把她甩開，兩個人在電梯前扭打。

「住……住手啦！」羅詠捷急忙上前，「妳們在做什麼……不要打啊！」

蔣逸文默默往左看，蘇皓靖又是不動如山，他隻手抱胸，另一隻手在下巴輕摩，蹙著眉像在打量什麼似的。

羅詠捷上前想把兩個女人分開，但是死不放手的是連薰予。

「為什麼要推她？不小心的話也該說啊！」連薰予喊著，「妳知道她在這電梯井裡二十六年，都在等妳啊！」

「我沒有在等她！走開啊！」Melody冷不防的甩了羅詠捷一巴掌，太礙事了，「她如果要這個，我會燒給她的！」

她要的才不是娃娃啊，是妳啊！連薰予抓住她的手腕，死命阻止她進入電梯。

「妳知道進去會出事的！」她喊著，就算當年Melody真的推了妹妹，那也是孩子間的事……

蘇皓靖突然上前，由後環住了連薰予的腰，那是極為親暱的動作，因為他甚至把臉頰貼上了她的臉，

「她不會的，剛剛那些亡者完全看不到她。」蘇皓靖溫聲附耳，「她的妹妹也是，否則不會拖到現在。這臺電梯她進去後，根本不成大礙。」

護身符！連薰予知道蘇皓靖意思，是的，從一開始 Melody 就是完全沒有受到攻擊的人，就連沈伯那晚她也沒有任何大礙，因為她有強大的護身符嗎？

要是不夠強大的話，她在這裡工作這麼久，就算洪先生不流血，妹妹也該找到了啊！

「沒有人會相信你們的！你不要來打亂我的人生！」Melody 突然曲膝，重重的往連薰予肚子撞去。

「唔呃！」肚子一記悶痛，連薰予整個人跪地，蘇皓靖卻瞬間鬆了手，索性讓她摔倒在地。

因為不願鬆手，所以連薰予抓著 Mwlody 的手往前滑，依然吃力的扣住 Melody 的手腕。

「小薰！」羅詠捷上前，竟被蘇皓靖一把攔下。

「蘇皓靖！」她氣急敗壞，蔣逸文卻跟著上前穩住她，直接往後拖。「……蔣逸文？」

他開始覺得，蘇皓靖跟連薰予知道的事情，比他們多出很多……他當然之前就知道小薰直覺強，但總覺得隔壁公司這位蘇哥哥好像跟小薰在一起時，有種更強大的感覺。

他終於也可以說，這也是他的一種直覺了。

「不要煩我！」Melody 再使勁一推，掐著連薰予的手拉開，踉蹌的往後跌進了電梯裡。同時因為反作用力，連薰予則朝反方向倒去。

Melody 雖說摔進電梯裡，但她動作比剛剛敏捷太多了，趴跪著就把擋住門的東西拔起，伸手按下了1。

電梯門在失去阻擋後，立刻就關上了。

「Melody！Melody！」羅詠捷緊張地大喊，「妳怎麼可以就這樣扔下我們？小薰，Melody 可以讓我們回去不是嗎？」

半趴在地上的連薰予痛苦地緊握雙拳，蘇皓靖這才上前將她拉起。

輕柔地握住她的拳頭，連薰予抬起頭，微啟的唇打著顫，淚水撲簌而落，張開的拳頭裡，是一顆顆跟她淚水一般晶瑩剔透的水晶珠。

Melody 在握住胸前護身符時，左手總是下意識托著右手的水晶佛珠串，她搞不清楚哪個才是有效的東西，直到剛剛……蘇皓靖抱住她時。

真的是親暱貼臉的那時，她的眼神就往手腕上看去了，莫名的強大氣場從那邊傳來，在她眼裡就是手腕附近毫無黑暗的空氣流動，甚至黑色的氣體都避開了那兒。

「這是……」蔣逸文彎身拾起一顆佛珠，上面刻寫著梵文，陰刻上金漆。

呼……連薰予拾起幾顆緊握在掌心，光是這樣，就覺得有種安心感。

「Melody的手鍊？」羅詠捷愕然地看著被手電筒照得發亮的珠串，「這個對她來說很重要嗎？」

三個人默默的看向她，很重要嗎？

至少，妹妹應該能找到姊姊了。

※　※　※

Melody感受到電梯穩穩下降，她背靠在鏡子前，痛苦的緊捏著手裡的芭比，睜眼睨著它，這是她人生中的汙點，一定會把她燒掉。

她沒有想過，妹妹還在這電梯井裡……回到這裡工作是意外，但是她選擇面對，一直以來都相安無事，當年爸不是都超渡了嗎？就因為一個維修工人流了點血？

她擰著眉，厭惡的看著芭比，二十六年過去了，仍舊令人討厭。

新媽媽一開始就不該帶妹妹來，她討厭那個可愛漂亮的新妹妹，連爸爸都對她特別好！家裡只需要她一個寶貝就好了不是嗎？

剛搬進來沒兩天，她被告誡不可以接近維修中的電梯時，她就想著如果妹妹消失多好……那麼高，摔下去應該會死吧？

只要輕輕一推……她真的推得很輕，那時沒有監視器，妹妹被當成玩樂中的失足跌落，而她在家裡等待著妹妹找到她，什麼都不知道。

這該是一輩子的秘密的，她深呼吸一口氣，下意識伸手摸上手……腕……咦？

「怎麼？」她舉起右手，她的佛珠呢？那個佛珠是她好不容易才——

眼尾餘光瞧見了一旁的鏡子裡，為什麼映照出一大堆人擠在電梯中？她瞪大雙眼望了過去，電梯裡滿滿的都是人，是那些低首流血的人們，把她擠在中間。

『姊姊！』一隻小手驀地伸出來，朝向她握著的芭比，『妳找到我的娃娃了。』

Melody 僵硬地鬆開手，鏡子裡的小手染滿鮮血，抽走她手中的娃娃，而現實的電梯裡，那娃娃就這麼懸空的飄浮著，離開了她的手。

Melody 無法克制的一直往旁邊瞄，左右兩邊的鏡子映著一樣的景象，她不想看見妹妹，但是她知道她就站在她面前……小小的手握著娃娃，就在擠滿的人群中。

『我也找到姊姊了喔！』

小小的女孩一步上前，直接上前抱住了她！

「哇啊——」Melody 看不見，但是她可以感受得到身上有東西撲過來了。「滾！走開——」

她踉蹌往前撲上按鈕，每個鈕都按，現在電梯才到二十，至少可以在十八樓前停下來！

『姊姊？』女孩的聲音在耳邊迴響著，Melody 習慣動作的握著失去佛珠的右手腕，連薰予！連薰予！

電梯煞車，果然在十八樓停下，但電梯裡的人並不想讓她離開。

『等……就是妳，等到妳了！』

『妳在哪裡呢？在這裡啊！』

明明電梯裡只有她一個人，但 Melody 真明確的感受到阻擾，她不再看向鏡子，而是努力地擠出去，隨電梯門開啟，她更是歇斯底里的往前衝。

「滾開！我沒有在等妳！沒有！」她尖吼著，「妳已經死了二十六年了！……哇！」

電梯裡那無數的人扯住了她，迫使她整個人狼狽的仆街，整個人摔出去，正面跌上地板。

唔……她疼得趕緊撐起身子，加速的要爬離電梯。

喀噠。

右手邊突然出現一雙光亮的皮鞋，只有一隻腳。

Melody 趕緊抬頭，看見一個陌生的男人跟她一樣從電梯裡踏出，就這麼定住，右後腳還在電梯裡，卻低頭看向了她。

『所以她等了二十六年啊。』

幾年前發生一個意外，有個男的加班時搭電梯上樓，結果電梯有些問題一直爬不上去，他就近開了門，左腳才踏出去，電梯整座就掉下去了，活活夾死了他……發現屍體時，聽說電梯裡就剩那隻右腳跟擦得光亮的尖頭皮鞋。

擦得光亮的……尖頭……Melody 瞬間瞪圓雙眼，她現在上半身在外面，下半身還在電梯裡——不會的！不會的！

唰——

「呀——」

※　※　※

蘇皓靖跟連薰予同時劇烈地回頭，看著消失的電梯。

「別、別嚇我喔！」羅詠捷雙手都快絞斷了。

「好像聽見 Melody 的叫聲……」連薰予難受地看著掌心裡的佛珠串，「妹妹找到她了嗎？」

「我們不必擔心Melody了。」蘇皓靖聲線變得很緊繃，輕輕把手搭在連薰予手背上，「不必接觸妳也應該感受得到吧？」

是啊，她寒毛一根跟直豎，妹妹找到姊姊後，情況不但沒變好，反而更糟了。

Melody 進入電梯後，電梯再度消失，他們依然被困在這個二十三樓，失去了嘻笑的孩子奔跑聲，卻傳來更多令人毛骨悚然的尖叫聲、嘶吼聲與慘叫聲。

那個被打劫的女人依然不止的喊著救命，跳樓的女孩還是在哭、被夾死的男人還是回音式慘叫、意外的工人還是在咆哮，還有更多悲淒的哭泣聲，不絕於耳的漸漸襲來。

「我們都知道了，別說你們。」蔣逸文跟羅詠捷緊緊挨著，手電筒到處亂晃，「看見了嗎？有好多影子在那邊聚集！」

「我們都犯了禁忌，這些東西本來就不乾淨……加上不停地見血。」蘇皓靖皺著眉，「不講別人，林倫怡一個就夠本了。」

更別說，Melody 只怕更慘，尤其這裡頭還包含了那天真小女孩的「念」。

「怎麼辦？」連薰予整個人亂成一團，「我只知道找到娃娃，我以為這樣就解決了！」

而且明明挨著蘇皓靖，他們兩個卻什麼都無法分辨，直覺告訴他們要逃，卻沒辦法指引出一個方向——因為他們什麼都看不見！

空氣中的黑色已經完全瀰漫了每一個角落每一個空間，他們兩個必須鬆手不再有任何觸碰，才能勉強有正常視線，否則就是身陷五里黑霧中，伸手不見五指！

前後的彎道都有東西存在，忿怒與哭鬧同時湧來，這一次怎麼看，好像真的是抓交替的概念了？

叮——死寂中再度一聲令人膽寒的聲音，不在他們這一條，好像在後方左轉。

羅詠捷緊捏著蔣逸文，咬著唇不敢哭出聲，電梯又來了耶嗚！

這次是什麼……每一個亡靈幾乎都表演過了，還有誰是在電梯裡出意外，卻還沒有——

『有人在嗎？還有沒有人啊，該下班了喔！』

咦？連薰予顫了一下身子，張大了嘴回身朝向電梯的方向，連蘇皓靖也跟著趨前。

「沈……伯！是沈伯的聲音！」連薰予哭了起來，「沈伯！」

她立刻回身奔去，蘇皓靖用力拍了蔣逸文的肩頭，「走了！是沈伯！」

是啊，電梯裡出意外的人都一輪了，沈伯也是死於非命的一員，他不會害他們的……沒有原因，她就是知道沈伯不可能害他，至少不會害她！

「前面啊！」羅詠捷尖吼著，指著因為他們奔跑，也跟著衝來的人們。

「跑就對了！」蘇皓靖大吼著，他跑得超快，一眨眼就超過了連薰予。

逃難時每個都是短跑冠軍，他們飛快地左轉，那些湧來的亡者眼神個個空洞，但是卻爭先恐後的想要抓住他們！

而一左轉的蘇皓靖沒有看見沈伯，只在那敞開的電梯門前，看見遺落在地上的手電筒。

「……天……天哪！」連薰予眼淚迸出，「是沈伯的手電筒。」

跟那天一樣，沈伯遺留在電梯裡的手電筒，既是線索，也是衝破禁忌的關鍵啊——當手電筒一照上鏡子時，一切就恢復狀原狀了啊！

「這臺！喂！」蘇皓靖抵住電梯門往回喊，「快點！他們快追上來了！」

他閃身進入電梯裡，不打算久按開門鈕，他沒有時間跟那些亡者耗！

連薰予進入後沒五秒，蔣逸文跟羅詠捷雙雙跌進電梯裡，外頭嘶吼憤怒聲傳來，蘇皓靖拚命壓著關門鈕，連薰予動手按下了1。

電梯門是關了起來，闔上的那瞬間，有個人影狠狠的撞了上來！

碰！電梯門傳來巨響，彷彿有東西想撞進來似的。

他們分據兩角落，退到最底，瞪著電梯門瞧……沒關係，電梯門都是兩層的，樓層有一扇，電梯還有一扇……

『呀呀呀呀——』慘叫聲突然從正上方傳來，他們紛紛抬頭往上瞧的瞬間，有什麼東西從電梯井掉了下來！

砰磅！電梯箱整個劇烈搖晃！

「哇呀！」他們只能抱在一起，有東西在電梯井裡，「追上來了！追上來了！」

聽見了，有人在上面跳著抓著，然後開始在上面狂跳猛跳，整個電梯箱在電梯井裡搖晃！

緊接著，腳踩的地板忽然被猛然一拳打上，咚的一聲讓羅詠捷嚇得跳了起來。

「地板！」她失控地跳到蔣逸文身上，「有人在下面！」

有人說，搭電梯時最怕電梯門打開後，面對不認識的樓層時，到底該不該出去？

但有沒有人想過，如果你在電梯裡面，外面有人撞擊試圖打開時，那又該怎麼辦！他們一點都不想出去啊！

蘇皓靖指間開始泛冷，看著石英數字模模糊糊的跳動著，才下到21，立刻就被下方的力量往上頂，又回到了22。

他們絕不能回到23，這次回去，就出不來了！

他究竟為什麼要蹚這個渾水！就因為遇到了一樣的人嗎！

有什麼可以保護他們，這些散落的佛珠？護身符？肥皂泡——咦！

蘇皓靖突然劇烈震顫身子，箝住連薰予的雙肩將她扶正。

「他們會進來的……」她淚眼汪汪，已經手足無措了。

「有個方法……可以試試，賭他一把。」他望著連薰予，再不安的看向石英數字。

數字跳動著，蔣逸文緊抱著羅詠捷，不讓她瞧見數字不再顯示樓層，還在模糊跳動前，變成了 DIE……

「快！」她反握住蘇皓靖，「告訴我，該怎麼辦。」

「那就對不起了。」他忽然勉強一笑，還先道了歉。

咦？連薰予完全不知道他要做什麼，只感覺自己被轉了九十度靠上鏡牆，然後蘇皓靖忽然抬起她的下巴——

四唇相貼，他吻了上來。

咦咦咦——紫色的火花瞬間在電梯裡炸開似的，每個燈泡都迸裂，蔣逸文緊閉起雙眼護著羅詠捷，懷裡的她非常不客氣尖叫，如雷貫耳。

肥皂泡充斥著整個空間，甚至超出了電梯之外，連薰予瞠著雙眼看著蘇皓靖的睫毛，而這個美男子的眼尾則瞟向了電梯上的數字……20、19……安全感頓時湧入，恐懼或是寒冷都已經不存在，身邊的肥皂泡似乎比剛剛在二十三樓時還要強許多。

叮，電梯明顯的煞了車。

電梯門緩緩打開，外面是通亮且熟悉的大廳，還有三三兩兩正在等電梯的人們。

「哇喔！」外頭人嚇了一跳，有些尷尬地看著在電梯裡光明正大擁吻的人們。

「那不是蘇哥哥嗎？又換女伴了喔？」閒話傳進耳裡，蘇皓靖火速離開連薰予的唇，他好喜歡聽見八卦喔！

外頭站著八卦的人們，蘇皓靖簡直欣喜若狂！

「一樓！一樓到了！」他大喊著，直接衝了出去！

一樓到了？蔣逸文戰戰兢兢地睜眼，看見的是看熱鬧的人們，但此刻他其實不那麼在意這件事。

「羅詠捷！我們回來了！」蔣逸文呆愣的看著外面，卻無法移動腳步。

咦？羅詠捷滿臉是淚的回頭，一看到其他人，眼淚又奪眶而出，這次直接嚎啕大哭，「哇啊啊啊……」

「喂，你們在幹嘛啊！我們要上樓啦！」別間公司的人催促著，演什麼戲啊！

蔣逸文趕緊扶著羅詠捷離開電梯，同時回頭看著依然卡在角落呆然的連薰予，「小薰！」

連薰予好幾秒才回神，別的人都已進入電梯了，「妳上樓嗎？」

「不……不不不！」她才沒有要上樓，連薰予舉步維艱地走出完全正常的電梯外，聽著裡面閒話家常，燈泡一樣明亮，電梯裡盈滿食物的味道，電梯門緩緩關上。

一如往常，再自然不過的場景，現在讓她看來，卻覺得如此珍貴。

蔣逸文直接席地而坐，羅詠捷則是放肆地嚎啕大哭，連警衛都引過來了；蘇皓靖已經走到電梯的對面牆壁，靠著稍事休息，他不急著離開，是因為外頭閃爍不停的警示燈

陳政達跳樓，應該準確的回來了吧。

連薰予蹣跚地走到他身邊，連靠著牆都沒氣力，直接滑坐而下，蹲在地上，體力彷彿已

被抽光，虛脫無比。

蹲著的她，視線可見蘇皓靖握在右手的手電筒，她動手拿了過來，翻了一圈，在底下看見了沈伯的名字。

這一秒，眼淚再也克制不住的泉湧而出。

沈伯，是沈伯帶他們出來的！

「你們……啊！那個帥哥，你們那棟的男生跳樓了啊！」警衛認得蘇皓靖，整棟樓都認得他。

「那不是我公司的，他們公司的。」蘇皓靖飛快地撇清關係，「我要下班了，我得去吃頓好的補充氣力。」

「啊！」羅詠捷立時停止哭泣，「我也要！」

她撐著牆才能站起，喚著蔣逸文，他也才勉強站起……對，現在去吃頓高熱量的，應該有助益。

蘇皓靖沒走兩步，又回頭看著蹲在地上，抱著手電筒低泣的連薰予。

「走不走？」

她啜泣地抬首，咬著唇點點頭，背靠著牆勉強起身。

蘇皓靖不再主動碰她，沒事最好不要接觸，他們兩個一旦碰到，就會發生某些無法解釋也不能解釋的事，實在太可怕了。

「從側門吧，小陳在另一邊。」蔣逸文擰著眉。

他們步伐都很疲憊，默默的從另一邊的出口離去，警車救護車都聚在對面，那個陳政達「跳樓的地方」。

離開前，連薰予幽幽回頭，因為她看見紅色的身影正在大廳中奔跑，凌亂飄散著頭髮，哭腫雙眼尖喊著等等我。

她衝進了電梯裡，消失無蹤。

「她很忙的，時間到就要一直跳樓循環。」蘇皓靖搖搖頭，「我想林倫怡跟 Melody 只怕也……」

在那個二十三樓裡，不停的循環著死亡嗎？連薰予覺得有些難受，一個禁忌，奪去了這麼多人的性命！

「話說回來，妳平常就看得見她嗎？」

呃，這簡直一語驚醒夢中人，連薰予瞪大眼睛，「看、看不見啊！我又不是陰陽眼！」

蘇皓靖淺抽口氣，「我也不是。」但他也看見了。

兩個人對看五秒，立刻拉開距離，越遠越好！一定是因為接觸頻繁的關係，還有剛剛、剛剛——連薰予恢復理智的搗上唇，嫌惡地瞪向他。

「下次不許你再親我！」

「我才不想再有下次咧！」

—尾聲—

Melody 曾經住在這棟大樓的七樓。

她是七樓的住戶，卻帶著妹妹到二十三樓去，因為她知道電梯維修不能靠近很危險、萬一掉下去會死翹翹；所以她帶妹妹到她熟悉的二十三樓，那個 Chole 住的地方，以捉迷藏為由，趁機將六歲的妹妹推下去。

那是繼母帶來的小女孩，非常非常喜歡她，因為好不容易有個姊姊，Melody 的父母本以為兩個孩子能如姊妹般親暱，誰曉得一場意外讓他們難以承受，帶著 Melody 搬離了那兒。

連薰予始終沒說出其實小妹妹是 Melody 所殺的這件事情，一來死無對證，二來……看著因 Melody 失蹤而哭得傷心的父母，他們已經夠難受了，犯不著拿無所謂的真相進行二次傷害，知道了又如何？他們終究是失去了兩個女兒。

陳政達的跳樓事件還是個謎，沒有遺書、沒有跡象，不過警方在「匿名檢舉」的通知下，找到了二十三樓那個夾層樓，也找到了陳政達撞破的那扇玻璃。

至於他為什麼跳樓自殺？是怎麼到那個夾層的？一如沈伯的死，只怕也會是個永久的謎。

夾層裡沒有連薰予、蘇皓靖或是他們任何一個人的跡證，所以也找不到林倫怡或是Melody，她們就這樣人間蒸發，搭著電梯下樓後，就沒有再出現；監視器一如往常的出現故障，管委會也決定全面更新設備。

副總與洪先生均恢復神智，痊癒出院，聽說洪先生決定離開電機公司，而副總……

「早安！」穩健的足音傳來，副總朝著大家打招呼。

「早！」連薰予回首輕笑，「副總還好嗎？」

居然沒有聞到刺鼻的香水味了，身邊的羅詠捷也很訝異。

「好，好得很。」副總笑得自然，「我知道前些日子挺狼狽的，不過我都記不得了，再難堪也過去了。」

洪先生跟副總對於遇到的事情記憶喪失，不管是電梯井裡的流血、遇到了尖吼的小女孩，或是遇到一票陌生的亡者等事，全部忘得一乾二淨，兩個人的失憶都是萬幸。

「副總好堅強！」羅詠捷由衷說著。「都不記得也是好啦！」

副總只是淺笑，轉向連薰予，「我聽說小陳那天是跟你們一起下樓的，他在二十三樓出去時有說什麼嗎？」

大家都在二十三樓出去。連薰予有點緊張，搖了搖頭。

「唉，怎麼會這樣……Melody 跟林倫怡也這樣不見，連門口的監視器都沒拍到她們。」

副總昂首皺眉，「一副消失在這裡似的！」

羅詠捷轉了轉眼珠子，她們的確是啊，只是不知道身陷在哪層樓罷了。

「羅詠捷！小薰！」遠遠的傳來活力十足的聲音，只是還沒靠近蔣逸文就緊急煞車……

「副、副總早。」

「早。」副總依然揚著微笑，自然得宜。

電梯抵達，人們依序排隊上去，連薰予現在看著電梯，也不再那麼恐懼了，那份壓力與不適感煙消雲散……她知道或許這電梯裡還有什麼，但已經不造成影響了。

「連小姐。」

熟悉但過分客套的聲音從後傳來，連薰予忍不住回眸……帥氣英挺的男人站在後頭，禮貌的朝她舉手。

他要幹嘛？連薰予皺起眉，客氣成這樣真是讓她全身起雞皮疙瘩，這不需要強大的直覺就知道有問題。

「蘇皓靖早哇！」羅詠捷開心的喊著，「你只能下一班囉！」

這班眼看著就要滿了，羅詠捷伸手拉著連薰予往裡去。

蘇皓靖淺笑著，一句話都沒再說，連薰予只能輕嘆口氣，甩了甩手，「你們先上去吧。」

「哦～」一電梯的人不知道在哦什麼，連薰予就是討厭這種狀況，但她知道蘇皓靖找她有事。

默默走出電梯，蘇皓靖倒也沒等她，眼神往外一瞟，逕往陳政達跳樓那個側門走出，她也只能趕緊跟上。

「幹嘛啊你！」她抱怨著，「你可以用LINE啊！」

「我就剛好看見妳啊！」他從側門步出，陳政達陳屍的地方已經被洗刷乾淨，「那傢伙是最幸運的，至少全屍有人收。」

「他可能不這麼認為……」連薰予有點無奈，不敢去看墜樓處。「找我什麼事？」

「妳現在搭電梯都沒事了？」他繼續往旁的巷子走，在某個早餐攤前停下，「吃過了沒？」

「我買了。」她微蹙眉。

搭電梯是沒事了，但要說沒有心理陰影是假的。

那晚之後，她請了兩天病假，姊姊在她房間又焚香又燒金紙的，嗆得她真想爬來上班，羅詠捷跟蔣逸文只請了一天，聽說蘇皓靖倒是跟沒事的人一樣，照常上下班。

大家心照不宣，什麼都不說，什麼都不知道，失蹤的Melody跟林倫怡已經無能為力，也就算了吧。

至於Chole，很神奇的她在自家那個二十三樓電梯前醒來，恍惚的以為自己做了場惡夢，後頭的事是蘇皓靖處理的，他知道她沒事，也由他去跟 Chole 交涉。

「今天會有人來勘查，Chole 說要把夾層全部打掉，重新裝潢了！」蘇皓靖的口吻聽起來，他跟 Chole 已經熟稔，「她不記得 Melody 有妹妹的事，但是他爸媽知道，當年意外事故發生後，怪事不斷，才決定把樓封起來。」

「這也太消極了吧？」連薰予咕噥著，「把樓切一半隔開，又不租也不住？」

「就說一直發生怪事，他們怎麼租人？」蘇皓靖悠閒地等著他的蔬菜捲，「好像是有人建議多隔出一層，把小女孩困在那個二十三樓，便可相安無事。」

「……好像也沒錯，在洪先生流血前都沒出過事。」連薰予淡淡的說，「也或許是因為妹妹一直找不到姊姊。」

「Chole 不想探究太多，她重新隔間後也不住，打算賣掉。」

「嗯……為什麼她沒事呢？我不是說她應該要有事，只是……」連薰予想到這點就有點悶，「相對於小陳或林倫怡而言……甚至是沈伯，大家都回不來了。」

「這就不知道了，運？命？或是那個小女孩並不想要她？」蘇皓靖聳肩，「這不是我們會知道的事。」

連薰予蹙眉，有時候，她會好想知道答案喔！

「啊對！」蘇皓靖從口袋裡拿出一條手環，「很公平，一人一半。」

連薰予有些遲疑，但是那手鍊上有幾顆碩大的水晶珠，看上去有點面熟……她接過來端詳，陰刻梵文──

「這是 Melody 的……」她瞠目結舌。

「嗯，妳不覺得光拿著就很舒服嗎？連亡者都看不見她，這玩意兒很厲害。」蘇皓靖揚了揚另一只，「我找人做了兩個，旁邊的小水晶佛珠多少有作用，反正戴在身上清明許多！」

連薰予有些愕然，「這樣拿她的東西好嗎？」

「嗯……我感覺沒問題啊！」蘇皓靖認真地闔眼感受，「我覺得她不會再回來了。」

無論以什麼姿態。

連薰予深吸了一口氣，她其實有一樣的感覺。

「謝謝。」她真心道謝，把手鍊戴上手腕，這真的是很難得的東西，比姊姊塞給她的那堆好太多了！

蘇皓靖拎過早餐，兩個人再一起往公司走去。

連薰予悄悄瞄著他，其實這一次真的很謝謝他……雖然最後亂吻人，但那也是為了求生。

「欸，這次真的多謝你。」她還是出了聲，「雖然我不知道我們之間是怎麼回事，但……真的感謝你。」

蘇皓靖回首，有些無奈，「以後少讓我蹚這種渾水就好了！」

「你不覺得這樣不錯嗎？至少大家可以安心上班？」連薰予又忍不住抱怨，「直覺強大的話，偶爾可以幫很多人的！」

「不願意不想不要沒必要。」蘇皓靖回得超直接，「妳想當英雄請便，我不喜歡介入這些。」

「我才不是為了要當英雄！」連薰予不悅的瞪著他，「只是能做到的事……」

「我們可以避險，巧妙地閃開就好了，多管閒事不一定會有好結果。」他說得直白，「就拿陳政達跟林倫怡來說，他們說不定本來不會出事？」

連薰予怔然，幾秒後倒抽了一口氣，「你是、你是什麼意思？你是說——不對！如果我們沒管，出事的人會更多！」

「生死有命。」蘇皓靖攤掌，「好了，我不想跟妳爭辯這個，妳要怎麼做是妳的事，就是不要認為我也應該做些什麼就好了。」

回到大廳時，他們那座電梯前方沒幾個人，他們坐進電梯裡，雙雙靠著鏡子，看著電梯緩緩關上。

「想看看嗎？」蘇皓靖突然這麼問。

連薰予向右抬首看著他，沒有遲疑太久地點點頭。

所以他伸出左手，任其握上。

淒厲的慘叫聲立即不絕於耳，電梯裡的女孩被砍被戳刺得遍體鱗傷，肩包裡的東西散落一地，躺在血泊裡抽搐著，不明白為什麼電梯永遠都回不到一樓。

另一邊是在那個二十三樓爬行的 Melody，她只剩上半身，腰斬後的下半身殘餘在電梯裡，雙手吃力的往前爬行，後頭是握著芭比娃娃，愉快唱歌的小女孩。

『姊姊妳太慢了！我找到妳了！這樣換妳當鬼囉！』

她抓起 Melody 的手，如此輕而易舉，一旁的牆面出現打開的電梯門，只是裡面毫無電梯箱。

然後她就把 Melody 丟了下去。『換妳當鬼囉！嘻嘻！』

小女孩看著墜落的 Melody，趕緊抱著芭比娃娃奔跑，噠噠噠噠，她要快點躲起來，不然就要換她當鬼囉！

那雙鞋子……連薰予居然現在才想起來，想知道沈伯發生什麼事，跟蘇皓靖借手的那晚，電梯關上時奔過的那雙腳，就是這小女孩的。

紅衣的情傷女人依然在八樓徘徊，每個人都在自己的位置上。

叮，十九樓抵達，有人走了出去。

再下一層樓，就是他們的二十四樓。

「為什麼我們接觸後，直覺就會變得這麼大？」連薰予幽幽開口，「還有那天的紫色火花……像肥皂泡的東西又是什麼？」

「我覺得也是我們接觸的產物，接觸後會增加第六感強度，也能形成某種保護。」他瞅著她笑，「所以那天我才大膽地吻妳，證明接觸越親暱，力量就更……」

「噓！」連薰予皺起眉，她不想聽！

蘇皓靖笑了起來，他覺得還不錯啦，只是沒有想深入探究的興趣……最好都不要再有接觸連薰予的機會才是。

叮，二十四樓抵達，他們飛快地鬆開了手。

從容地步出電梯，連薰予回到櫃檯座位，即將開始一整天的工……還沒坐下來的她有點錯愕，盯著自己的桌面。

「……蘇皓靖！」她忍不住脫口叫住他。

正要感應的蘇皓靖頓了住，背脊一僵，還是回過了身。「怎麼？」

她緩緩的向右看向他，神情有點緊繃。

唉，蘇皓靖很無奈的還是走了過來，走近連薰予前，就看見了她桌上那支叢林綠的手電筒。

「沈伯到底有幾百支手電筒啊？」他忍不住笑了起來，「發現屍體時明明交出去了，後來又在二十三樓找到，怎麼現在又出現了？」

蘇皓靖大膽的拿起來端詳，後端的確還貼著沈伯的名字。

「是啊……為什麼呢？」連薰予有些後怕。

「沈伯想留下來給妳吧？」蘇皓靖說得自然，逕自拿起她筆桶裡的美工刀，動手把沈伯的名條割掉，「這名條別留了，沈伯要給妳，妳就留著吧。」

連薰予看著他遞前的手電筒，眉間的紋皺得更深了，「為什麼覺得這是要給我的？」

「因為——」蘇皓靖帥氣拿起剛剛擺在手電筒邊的一支筆上拋，「這支是要給我的！」

咦？連薰予愣愣地看著他把玩的筆，然後被硬塞了手電筒過來，「那是我……」

「這是沈伯的好嗎？他都放在口袋那支有沒有？」蘇皓靖邊說邊示範，把那支鋼筆插在上衣口袋裡。

筆夾的地方非常別致，是凸面的纏繞花紋，蘇皓靖很久以前就想要了，總開玩笑的跟沈伯盧。

「啊！」連薰予看著他轉身，「喂，你其實跟沈伯關係不錯吧？」

蘇皓靖只是笑著回身，揮揮手筆直往公司裡去。

嗶——感應，玻璃門打開，頎長的身影消失在她眼前。

跟她一樣第六感強烈……不，蘇皓靖比她更強，早知道問題關鍵，才把電梯曾出過的意外事故都列出來，悄悄放在她桌上。

即使一直抱怨，卻還是繼續幫忙……他一定跟沈伯關係不差的。

真是彆扭的傢伙耶，幾歲的人了啊！嘖！

看著手電筒，沒有不舒服的感受，她雙捧著朝空中一拜，謝謝沈伯的禮物，她會好好收著的。

拉開椅子坐下，抖擻起精神，開啟新的一天——電話準時響起。

「喂，天馬廣告您好。」

『啊，小姐啊，我是樓下警衛啦！那個……有個陸小姐說她是櫃檯的朋友，妳認識嗎？』

陸、陸小姐？連薰予打了個寒顫，看著自己握著話筒的皮膚竄起雞皮疙瘩：不好！

「有什麼事嗎？」

『啊是這樣的，她說要請人來驅邪啦，她要帶什麼宮廟的人來作法，我是想說這是——』

「不認識！」連薰予嚇得掛上電話……

姊姊，妳幹嘛啦！

後記

閃閃亮亮，《禁忌錄》系列終於登場囉！

嘿，不管東西方，禁忌無處不在，大小生活事全都有禁忌，或許活在東方社會，總覺得東方特別多，尤其剛過完年，除夕到初很遠通通有禁忌！

只是我們有許多禁忌都是小小事，在粉專問過大家，多半都是手指月亮一類的，發展空間不大，但我相信各地各處各物品禁忌依然很多，所以我們的禁忌之路還是很漫長的～

上一部的《禁忌》系列，也將在 2017 年陸續重新出版，那時寫的禁忌事項，第一集，進旅館房門要先敲門；第二集，孕婦不要隨意為他人插香，易被借胎；第三集，醫院的禁忌，這個我倒覺得有很多可以寫；第四集是亂拜小廟化劫，結果反而招劫，這本是真人真事，至少跟我口述的阿姨講完至今也沒有再現身過；第五集是學生很愛的試膽；第六集則是返魂術。

基本上這幾本除了《試膽》與《返魂》兩本有劇情連貫外，都可單篇閱讀，事實上《試膽》也可以獨立閱讀啦，並無大礙；上六本的主角群是貫穿六集，至《返魂》結束。

其實當年我就有想發展禁忌的打算，因為禁忌實在太多可以寫了。只是那時因為同時書寫《異遊鬼簿》系列，重心先挪過去，這一挪……就挪到了2017年，終於可以繼續未完的禁忌了。

而現在開始是全新角色、全新人物、全新世界觀，從這本《禁忌錄》系列開始通通翻新，過去的一切在《惡童書》結束後終止。

這集寫的是電梯的禁忌，電梯應該很多人都有機會搭乘，而電梯的禁忌仔細查根本一大串；事實上坐在兩根繩子吊著的箱子裡，總是會覺得不安，尤其地震時直接變身成遊樂園刺激器材，再厲害點就升級成大怒神了。

更別說一個人坐在電梯裡時，不說密閉空間，光是四面環繞的鏡子有時都會令人侷促不安……噢，你有記得抬頭往上看嗎？上面有時候……嗯。

這次的男女主角最特別的是他們同時擁有類似的能力，但說能力也不算，因為或許你我周遭都有幾個這樣的朋友，很奇怪的就是他們第六感特別強。

莫名其妙突然拉住要過綠燈馬路的你，下一秒就一臺失速的車子奔過你面前；或是晴空萬里他帶把傘來赴約，結果下午時間突然烏雲蔽日傾盆大雨；或是逛街到一半他突然要走到路旁買彩券，問他為什麼他也說不上來，就覺得應該要現在買，還指定要買哪張，最後刮出來四位數金額請大家吃點心。

這樣的第六感發生在好事時總是令人欽羨不已，但凡事總是一體兩面，不好的事情他們是否也會直覺特別強？那感覺到時，他們要不要介入？該不該干涉？

如果，夜晚走在路上，你經過一條一人寬的窄巷，遠處傳來細微的聲音，你什麼都看不見，也聽不清楚，但是你卻直覺那邊絕對有事，什麼事無法確切得知，但第六感告訴你那邊就是危險。

你會走進去查看嗎？還是會報警呢？但報警好像又沒有明確名目，在不確定的情況下是否又會變成謊報？

或是，在社區裡擦身而過的鄰居，你感覺到他今晚可能會面臨死亡，或自殺或他殺，那你會提醒他嗎？或是勸告他？

如果可以，你想擁有這樣強烈的第六感，還是希望平凡呢？

第一次寫兩位主角都有相同能力的故事，但是他們擁有強烈直覺的人生觀就大不相同，面對人生也是完全不同的態度，就跟著他們一起踏上禁忌之路吧！

噢，對了，如果「叮」的一聲，電梯敞開，裡面空無一人，卻有雙鞋子鞋尖向外擺放整齊的在裡頭——你會不會進去呢？

最後，誠心感謝購買此書的您，購書是對作者最直接有效的支持，因為您，我們才能繼續寫下去，萬分感謝！

絕對不會進入有鞋電梯的笭菁

電梯

禁忌錄

等菁作品 26

作者	笭菁
封面繪圖	Fori
美術設計	三石設計
總編輯	莊宜勳
主編	鍾靈
編輯	黃郁潔
出版者	春天出版國際文化有限公司
地址	台北市信義區信義路四段458號3樓
電話	02-7718-0898
傳真	02-7718-2388
E-mail	frank.spring@msa.hinet.net
網址	http://www.bookspring.com.tw
部落格	http://blog.pixnet.net/bookspring
郵政帳號	19705538
戶名	春天出版國際文化有限公司
法律顧問	蕭顯忠律師事務所
出版日期	二〇一七年三月初版
	二〇一九年四月初版十四刷
特價	229元
總經銷	楨德圖書事業有限公司
地址	新北市新店區寶興路45巷6弄6號5樓
電話	02-8919-3186
傳真	02-8914-5524

國家圖書館出版品預行編目資料

禁忌錄：電梯 / 笭菁作. -- 初版 -- 臺北市：
春天出版國際, 2017.03
面； 公分
ISBN 978-986-94288-6-6 (平裝)

857.7 106000898

ISBN 978-986-94288-6-6
Printed in Taiwan

苓菁作品

苓菁作品

苓菁作品

苓菁作品